沢里裕二

極道刑事《クロデカ》

ミッドナイトシャッフル

実業之日本社

JN153806

実業之日本社文庫

目次

プロローグ

「おい、そこで何をやっている!」

作業用のカラーコーンを並べ終えたところに、サイレンを鳴らしたパトカーがやって来て、警察官にいきなり詰問された。

「はぁ、なんですか?」

実和《じつわ》ハウス技術部の香川義武《かがわよしたけ》は、驚いてヘルメットのつばをあげた。照りつける太陽のせいで、額に汗がしたたり落ちてきた。塩の匂いのする汗だ。

いったい何ごとだ。

千駄ケ谷《せんだがや》の古い和風ラブホテルの前だ。昭和四十年代に建てられた、いわゆる連れ込み旅館だが、中庭に池まである凝った造りで、敷地はゆうに三百坪ある。

香川たち技術部の四人は、取り壊し作業を始める前の調査に入ろうとしたところだった。解体に必要な工具や日程を試算するためである。

こんなところに警察官がやって来るとは何事だ？

「はぁ、なんですかじゃないよ。土地の所有者から通報があって、勝手に占拠しようとしている連中がいると。あんたらは、どこの人？　邸宅侵入罪で逮捕するよ」

恰幅《かっぷく》の良い、中年の警察官が、鋭い視線を向けてきた。背後の若い警察官は、すでに手錠を取り出している。

邸宅侵入罪とは、人が住んでいない建造物、空き地に勝手に侵入する罪だ。技術部員であっても、住宅メーカーの社員である以上、その程度の法律知識はある。ホテルや空きビルでも邸宅と呼ぶ。人が住んでいれば、住居侵入罪となる。

「そんなバカな。自分たちは実和ハウスの社員です。土地の所有者って誰ですか？　この土地は、すでにうちが取得しているはずですが」

作業服の胸ポケットから名刺を出し警察官に渡す。

名の知れた総合住宅メーカーの社員であるという自負がある。不動産投資部の契約に間違いがあるはずがない。

警察官は、名刺を見ながら、肩に付けた無線マイクに向かって、社名と香川の名前を読み上げた。

太陽が容赦なく照り付け、アスファルトに浮かぶ自分の影が、一層濃くなったような気がした。

停車しているパトカーの背後に白いクラウンが滑り込んでくる。グレーのスーツを着た壮年の男が降りてきた。白髪に銀縁眼鏡《めがね》だ。

「他人の敷地内で、いったい何をするつもりだ」

男が名刺を差し出してきた。弁護士だった。

「土地の所有者って？」

香川は漠とした思いで聞いた。

「この『桃華館《とうかかん》』の所有者は草野頼子《くさのよりこ》さんだ。私はその相続人からの依頼で来ている。ご子息の優介《ゆうすけ》氏だ。千駄ヶ谷署に通報したのも優介氏本人だ」

よく飲み込めない話だが、トラブルが起こったのは確かだ。

「すみません。私たちは技術部員なので、契約の内容は把握していません。すぐに社に連絡しますから、お待ちいただけませんか」

香川はとりあえずそう言って、躱《かわ》した。

勝手に諒解《りょうかい》して、立ち退《の》くわけにはいかない。こういう場合は、速やかに担当部署に連絡を入れ、引き継ぐまで現場に待機するのが鉄則だ。

勝手に退去すると権利放棄とみなされる可能性があるからだ。

香川が押し問答をしている隙に、二歳後輩の佐藤《さとう》が、すでに社に連絡を入れていた。

「投資部の中村《なかむら》さんが法務部と一緒に来るそうです」

佐藤が、香川と、警察官、弁護士の三人に聞こえるように言った。

実和ハウスの本社は西新宿《しんじゅく》の高層ビル街にある。車を飛ばせば二十分だ。カラーコーンも測量機もそのままにして、香川はだんまりを決め込んだ。

その間にも先方の弁護士は、さまざまな法律用語を並べ、まくしたてたが、香川には要領を得なかった。

ほどなくして、不動産投資部でこの取引をまとめた中村昌行《まさゆき》が社のブルーバードでやって来た。

「この通り、契約は成立しております」

中村は売買契約書を拡《ひろ》げて、警察官と先方の弁護士に示した。二週間前の日付のものだ。

それを見た弁護士は、さらに片眉を吊《つ》り上げた。

「だから、この隆盛《りゅうせい》商事なんて会社に、草野さんは仲介依頼した覚えはないと言っているんだ。いや、他のどこの不動産会社とも取引していない。私の方は、昨日、仮登記無効の訴えを起こしている。そっちには隆盛商事と草野さんとの仲介委任の契約書はあるのか！」

先方の弁護士が、唇を捲《めく》り、大声を上げた。

売主と実和ハウスの間に、仲介業者がいる。それは通常のことだ。バブル期と違い、総合住宅メーカーとしては、世間の目があるので、あからさまな地上げはしない。逆に零細や中小の不動産仲介業者が、様々な情報を持ち掛けてくるのだ。

「当然です。これが、売主の草野頼子さんから隆盛商事に出された書類です」

中村は黒革のアタッシュケースから、何枚かのコピーを取り出して、提示した。

「こんな書類がどうにでも偽造できることぐらい、あんたらプロなら知っているはずだ。草野さん本人の確認は出来ているのか？」

先方の弁護士も、大きな物件だけに、執拗《しつよう》に食い下がってくる。香川たち技術部員は、ひたすらやり取りを見守るしかなかった。

「仮契約の席には、草野頼子さんご本人もいらしています。場所は当社の大会議室です。そこで一時金の十五億の振り込みの確認をしていただき、仮契約書に署名捺《なつ》印《いん》をしていただいております。本人確認のためのパスポートを持参していただきました。これです」

中村は、さらにもう一枚カラーコピーを突き出した。そのパスポートの写真付きの頁《ページ》のコピー用紙を見た弁護士が、笑った。

「これ真っ赤な偽物だよ。確かに生年月日や現住所はあっているが、顔写真は、草野さんのものじゃない。似ても似つかない他人だ」

弁護士は、自分のバッグの中から、数枚の写真を取り出した。ラブホの前や、事務室で従業員たちと一緒に撮った写真らしい。

顔の輪郭や髪型は似ているが、どう見ても別人だった。

「いやいや、そんなはずはない。透かしもはいっていたし、第一、私は、隆盛商事の葉山《はやま》という営業マンと一緒に、ここの通りの商店街のひとに聞き込みに来ているのです。この顔が草野さんかどうか確認もしたんですよ」

さすがに中村の顔から血の気が引いていた。

警察官は、どっちの言い分を聞いていいかわからないという表情だ。

「だったら、そのコピーを持って、もう一度、そこの薬屋で聞いてみればいいじゃないか」

弁護士が、率先して通りの反対側にある薬屋に向かった。『秋山《あきやま》薬局』と看板が上がっている。

中村と法務部の若手が続いたので、行き掛かり上、香川もついていくことにした。警察官二名も一緒だった。

薬局の女店員が、怪訝《けげん》な顔をしながら応対に出てきた。

「その目の前の旅館の女将《おかみ》さんは、この方ですよね」

中村はあえてラブホとは言わなかった。相手が、二十代の女性だったからだ。店員は覗《のぞ》き込みもせず、首を振った。

「私、先週から入ったバイトなので、わかりません。いま、ご主人呼んできます」

店員が奥に声をかけると、調剤室から頭髪が薄くなった六十代と思われる男が、出てきた。白衣を着ている。店の陳列台には、場所柄のせいか様々な精力剤が並んでいた。

「あのこれ、お向かいの旅館の草野頼子さんですよね」

中村はパスポートのコピーを見せた。

主人は落ちかかっていた眼鏡のブリッジを人差し指で上げながら、見るなり首を振った。

「全然違うよ、頼ちゃんはこんな貧相じゃない。もっとふくよかで、優しい顔をしているさ。もっとも三年前に、桃華館を閉じて、熱海《あたみ》に引っ込んでからは、会っていないけどね。たった三年でこんなに顔が変わるとは思えない」

「嘘《うそ》でしょう。三週間前に、私ともうひとりの男と確認に来たときに、お宅の店員さんが、間違いないと証言してくれたんですよ」

「あぁ、バイトで来ていた美紀《みき》ちゃんかな。安井《やすい》美紀ちゃん。半年前から、午前中から午後三時までバイトしていた娘《こ》だけれど、二週間前に、辞めた。だけど、あの娘だって、頼ちゃんの顔なんて知らないはずだけどね」

「じゃ、なんで、この写真の女性が草野頼子さんだなんて、証言したんですか」

中村が声を荒げた。

「そんなことは知りませんよ」

秋山薬局の主人は肩を竦《すく》めた。

「実和ハウスさん、嵌《は》められたみたいですね」

相手の弁護士が、冷ややかに言った。警察官も顎に手を当てて何か考えこんでいる。

「いや、この店だけじゃないんだ。そこの花屋さんにも聞いている」

中村が花屋を指さし早口で言った。

「大塚《おおつか》さんがそう証言したって？　まさか。美佐《みさ》ちゃんと頼ちゃんは、高校まで同級生だぜ。顔がわからないはずがない」

　薬局の主人が、花屋の方を向いて言った。商店街同士、知り合いらしい。

「いいえ、もっと若い娘《こ》が店先で水打ちをしていたんです。その方もこのパスポートの写真は、草野頼子さんだって、証言してくれたんですから！　その先のカフェでも確認したんだ！」

　中村は弁護士の袖を引いて、花屋に向かった。

「そんなこと言った覚えありませんよ。あんた誰なのよ。私とは、会ったこともないでしょう」

　大塚花店の、店主が腕を組んで言う。

「いや、あなたではなく娘さんのほうでは」

「バカ言わないでよ。私は、ずっと独身だよ」

　花屋の女主人が、眉間に皺《しわ》を寄せた。

「いや、紺色のエプロンに、大塚と書いたネームプレートを付けていたはずですが」

　中村の声は、すでに震え始めていた。

「はぁ？　ネームプレートだって？　うちじゃそんなもの使っていないよ。だいたい、私、ひとりで切り盛りしているんだから、そんなの必要ないじゃない」

「ほんとですか?」

警察官が確認した。

「嘘ついて、どうするのよ。ここらにいる人たちは、私たちが同級生だって知っているのよ」

嘘をついているような顔ではないのは、背後で聞いている香川にもわかった。

つづいて桃華館の通り側にあるカフェにも確認に向かった。全国展開しているチェーン店だ。中村はここでも、年配の店長が、ソフトクリームのディスプレーを引っ込めようとしている際に、確認したのだそうだ。

「あの、うちは一年前にオープンしたばかりでして、その頃、すでに桃華館さんは空き家状態だったので、まったく知りません。それに、年配の店長なんていませんよ。開店以来、僕がずっと店を任されていますから」

三十そこその若者がそう答えた。

警察官が中村に向きなおった。

「実和さん。マジにやられたのかも知れませんよ。いま捜査二課に連絡入れますから」

「やられたって……」

「これは地面師の仕事ですよ」

弁護士も、頷《うなず》いた。

「半金の十三億は、もう支払ってしまったんですよ」

中村の両眼が吊り上がった。

三百坪（約千平方メートル）。総額二十六億は、都心の一等地とあっては妥当な価格だった。

ここに高層マンションを建設し、販売すれば、七十億近い商売になる。技術部員でもそのくらいはわかる。

これは、大変なことになったと、香川は呆然《ぼうぜん》と、そこにいる人間たちのやり取りを見守った。測量の必要がなくなったことだけは確かだ。

第一章　歌舞伎町リバイバル

1

晩夏を過ぎた時分にもかかわらず、町は梅雨時《つゆどき》のようなじっとりとした湿り気に包まれていた。重く淫靡《いんび》な湿り気だ。

ここはアジアの下半身、歌舞伎町《かぶきちょう》。町には烏賊《いか》臭さと黴《かび》臭さが、しみついている。

それでも、ここ数年、浄化されたほうだ。

関東舞闘会《かんとうぶとうかい》若頭、神野徹也《かみのてつや》は、肩をいからせゴジラロードを大股で進んでいた。

真夜中だ。

「！」

靖国《やすくに》通りの方向から埃《ほこり》をかぶった黒のアルファードが、ゴジラロードに滑り込んできた。足立《あだち》ナンバーだ。

ヘッドライトをハイビームにしている。

「俺に、喧嘩《けんか》を売る気かよ？」

フロントガラスを睨《にら》みつけてやった。車は、何ごともなく神野の横を過ぎ去っていく。

すれ違いさま、運転席と助手席に座る男の顔がちらりと見えた。

ステアリングを握っているのは、スキンヘッドに一重瞼《ひとえまぶた》。

助手席の男は、黒髪のオールバックだった。筋者《すじもの》に見えなくもない。

ならば会釈ぐらいあってもいいはずだ。

神野はパナマ帽のつばを少しだけあげて首を傾《かし》げた。自分でも眼光が鋭くなっているのがわかる。

「徹《て》っちゃん、どうしたの、いきなりそんな怖い顔して」

隣を歩く喜多川景子《きたがわけいこ》が、神野の殺気を感じたのか、急に腕を絡めてきた。喧嘩をさせまいという魂胆らしい。

景子は今年で三十歳になる神野の情婦《イロ》だ。『シスターギャング』というキャバクラを一軒任せてある。

スリップワンピがやけに似合う女だ。

今夜も白地に薔薇《ばら》の花をいくつもちりばめたスリップワンピを着ている。シルクの生地がキラキラと輝いていて、一瞬下着で歩いているように見えないこともない。それが景子のウリでもある。店のママにしてナンバーワンだ。

神野の方は、麻の濃紺ジャケットに白の開襟シャツ。ボトムスはベージュの幅広。それにパナマ帽を被《かぶ》っているのは、一九三〇年代のマルセイユ・ギャングを気取っているからだ。極道はナリがすべてだ。

「あいつら、どこの者《もん》だ？」

神野は、振り返りながらアルファードの行く手を確認した。

午前三時を回ったところだった。

堅気《かたぎ》が楽しむ時間が終わり、歌舞伎町がもっとも凶暴な顔を見せる時間に突入したということだ。

アルファードは神野たちのすぐ背後に停車した。

スライドドアが開いて、金髪の男が降りてきた。リュックを背負っている。つづいて助手席の男も降りてきた。どちらの人相も悪い。

神野はそのふたりをじっと睨みつけた。男たちは、神野と目を合わせようとはせずに、反対側の歩道へと渡っていった。そのまま、ソープランドが並ぶ通りに消えていった。

「徹ちゃん自意識過剰よ。この町に遊びに来る人が、全員、徹ちゃんの顔を知っているわけじゃないのよ。いくら関東舞闘会の若頭《カシラ》でもね」

景子に笑われた。最近では映画やドラマの影響で、関東でも組のナンバー2を若頭と呼ぶのが一般的になった。関東ではもともと代貸《だいがし》である。

半グレや暴走族から本職に変わった組が、若頭と呼ぶ傾向が強い。関東舞闘会は、もともと新横浜《しんよこはま》の半グレ集団であった。二年前までは、横浜舞闘会と名乗っていた。

「もう、ソープは閉店している時間だぜ」

「さくら通りの方へ抜けるんじゃない？　ガールズバーとかじゃないかしら。この時間だと、売《う》りの子もカウンターに出ているでしょ」

ふたりの男を降ろしたアルファードは直進して新宿《しんじゅく》東宝ビルの方へと走り去っていく。

「いまどき、歌舞伎町を荒らしに来る本職なんていないわよ。ねぇ、徹っちゃん。早く行こうよ」

景子がまたバストを押しつけてきた。ワンピの生地が薄いので、そのまま乳房の弾力がダイレクトに伝わってくる。しかも、景子は首筋と胸元から濃厚な発情臭を漂わせている。

女の方が、盛り上がっているのは、正直苦手だった。

「おまえ、客に身体《からだ》を撫《な》でまわされて、燃えちまったんじゃねぇのか?」

「いや、そうじゃなくて、やたら女のオナニーの仕方を聞いてくるお客さんがいたのよ。会話だけで、絶対に触ったりしない人。でね、自分のやり方を、詳細に喋《しゃべ》っているうちに、なんか、本当にもやもやしてきて……トイレで抜いたんだけど、まだ収まらなくて」

景子が歩きながら、内腿《うちもも》を擦り合わせた。店では絶対に見せない姿だ。

「ここで、股を揉《も》むな。まずは焼肉を食ってからだ」

どうも、いかん。このところ、この女も少し馴《な》れ合いになってきている。

神野は、景子の肩を抱き、靖国通りの手前にある馴染《なじ》みの焼肉店に入った。朝五時まで営業している店だ。

エレベーターがないのが唯一、この店の欠点だ。それにはそれなりの訳がある。長年歌舞伎町で商売をしている者の知恵だ。階段を昇って三階に上がる。

すぐに窓際の個室に通された。神野の指定席だ。ここからはゴジラロードが見下ろせた。

「いらっしゃいませ」

黒のベストに蝶《ちょう》ネクタイを締めた白髪の店主が、麦焼酎のボトルとお湯割りセットを持ってきた。近頃、神野は焼酎しか飲まない。

「いつもありがとよ。今夜はこれで頼む」

神野は、スーツの内ポケットから茶封筒を取り出して店主に渡した。十万円入っている。

「いやいや、本来は当店のほうがお支払いをせねばならないところなのに」

白髪の店主は身を縮めてみせる。

「やめてくれよ爺《じい》さん。うちはミカジメなんて取らない。しのぎは悪党から巻き上げるというのが方針だ。堅気の皆さんには、迷惑はかけないよ」

神野は笑った。事実、会長の黒井健人《くろいけんと》からはそう厳命されている。神野は現在、黒井から渋谷《しぶや》と新宿を預かっていた。

「おかげさまで、歌舞伎町もここ二年ほど、抗争もなく落ち着いていています」

店主が深々と頭を下げ、去っていった。

「凄《すご》いじゃない。関東舞闘会が、歌舞伎町を仕切るようになってから、抗争がなくなったなんて」

景子がグラスに焼酎を注《つ》ぎ、その上からポットのお湯を足し、さらにその上からまた焼酎を入れた。

焼酎と焼酎でお湯を挟む。決してかき混ぜない。これが神野の好きな飲み方だ。

「そうじゃない。小康状態を保っているだけだ。歌舞伎町《ここ》には五十を超える団体があるんだ。いつでも火はつく」

グラスを受け取り、神野は、一口飲んだ。焼肉が出てくるのを待ちながら、ゴジラロードを見下ろした。三年ほど前まではセントラルロードと呼ばれていた通りだ。

真夜中とあって独特な人間たちばかりが歩いている。

キャバ嬢、風俗嬢、ホスト、それにまつわる仕事に就いている者たち。他には金融屋、不動産屋、半グレ、本職の極道たちだ。

歌舞伎町ほど、縄張りが複雑な歓楽街はない。

神野は、人々が行き交う通りを眺めながら、関東舞闘会の会長である黒井健人から聞いた話を思い出していた。

＊

現在の歌舞伎町は、戦前までは高級住宅地であった。陸軍将校や大学教授、文人たちの邸宅があった。

そんな高級住宅地が、欲望の町と化し始めたのは、昭和二十年八月十五日以降である。

終戦の五日後に、新宿東口一帯に新宿マーケットと呼ばれる闇市が出現した。驚くべき復興の早さである。

朝鮮人、中国人と日本人ヤクザの間で激しい縄張り争いが繰り広げられた時期である。

横浜や渋谷では愚連隊と呼ばれる新たな勢力が勃興《ぼっこう》した。

法治が失われたこの混乱期では、力だけが正義である。

新宿マーケットを中心に様々な勢力が覇権を争いながら、徐々に靖国通りを渡り始めた。

目の前に広がっていたのは、高級住宅街がきれいさっぱり焼け落ち、真っ平になった土地である。

地主たちの中には、大陸に渡ったまま、即座に帰国できなかった者も多い。満州引き上げが始まるのは、まだずいぶん先のことである。

当然、焼け跡に勝手に住みつく者や、そこで商売を始める者が増えだした。

地主の生死や係累もわからないまま、この時期、なし崩し的に借地化された土地も多い。何せ戦後の混乱期である。

それが、のちの歌舞伎町をさらに複雑にする。

腕力がすべての時代。

浅草《あさくさ》や銀座《ぎんざ》、さらには横浜、池袋《いけぶくろ》、渋谷のように戦前からの歓楽街ではないこの旧邸宅街に、さまざまな勢力が集合して、縄を張り始めたのだ。関東各地の博徒、テキ屋ばかりではない。当時、米軍物資を自由に手に入れられた朝鮮人、中国人たちが、一挙にのし上がることになる。群雄割拠《ぐんゆうかっきょ》の時代となる。

そして昭和二十三年。

戦後の復興政策として、この地に劇場、映画館、ダンスホールなどを誘致する計画が発表された。

その中核に歌舞伎座を据える計画から歌舞伎町と命名されたのだ。

結果として、松竹は歌舞伎座を進出させず、代わりに東宝が新宿コマ劇場を立ち上げた。

歌舞伎町という町名は、歌舞伎座が開館することを前提にしていたものだが、すでに決定していたためにひっくり返らず、そのままとなった。

順序が逆であれば、ここは「新宿コマ町」になっていた可能性がある。ちなみにこのあたりの戦前の町名は「角筈《つのはず》」である。

東京都は、新宿コマ劇場を中核に、日比谷《ひびや》に次ぐブロードウェイ化を目指したが、人の集まるところには、悪《わる》もまた集まることになる。

歌舞伎町に、暴力、賭博、麻薬、売春を生業《なりわい》とする、有象無象《うぞうむぞう》たちがさらに押しかけてきた。

当時、東洋の魔窟《まくつ》と呼ばれていたマカオをさらに肥大化した町の様相を呈し始めたのだ。

さらに悪いことに、この町には、戦前から存在する歓楽街や花街と異なり、もとから、仕切る顔役がいなかった。

それが、浅草や銀座、横浜あたりとは、決定的に違っている、無秩序な町、歌舞伎町の生い立ちである。

＊

黒井から聞いたのはそんな逸話だ。

その時代から歌舞伎町は変わっていない。誰も完全に支配していない状態がいまだに続いているのだ。

しかも歌舞伎町の縄張りは、他所《ほか》と違い、地区ごとに線が引かれているわけではない。

ビルや店ごとに様々な組が縄を張っている。したがって組事務所のある一帯が縄張りということでもない。

A組の本部が入る風俗ビルの隣の飲食店ビルがB組のシマということもざらにある。とにかくややこしい。

ここ十年、外国人マフィアが増え、さらに複雑化している。

「小康状態っていうことは、いまにまた銃撃戦とか始まるってこと？」

景子も自分のグラスに焼酎を満たしている。こいつは水で割った。

「いまだって、銃撃ぐらいあるじゃないか」

神野は、景子に向きなおった。

「でもせいぜい、ビルの扉に、銃弾を撃ち込んだりする程度でしょう。昔の東映映画のような本格的な銃撃戦なんてありえないわ」

グラスを掲げながら言う。

それぐらいで済んでいるうちはいいが、近ごろ妙な小競り合いが増えている。この町のルールを知らない地上げ屋などが、時折現れては、ビルを占拠しようとしたりしているのだ。いずれも、そこに縄を張る組が駆けつけて、叩《たた》きだしているが、もしも本業の仕業だとすれば、あきらかに関東極道界の協定違反だ。

新宿にシマを持つ組同士は、形式的とはいえ月に一度、会合をもち、腹の中を探りあっている。そのなかに跳ね返りがいる様子はない。

歌舞伎町の外者《そともの》だ。

肉が運ばれてきた。タン塩に特上カルビ。他に野菜盛がテーブルに並べられた。ボーイが炭に火を入れると、景子がタン塩から焼いた。女房気取りだ。歌舞伎町のナンバーワンキャバ嬢で、いまはオーナーを張る女にしては、どことなく所帯臭い。それだけ、神野の前では、素になっているのだろうが、神野としては気に入らない。

極道にとっては、女も装飾品のひとつだ。色気が消えたら、くたびれたジャケットと同じだ。替えどきか？　その前に一度、気合を入れてやるか。

薄い肉が炙《あぶ》られて、端が捲《めく》れあがる。

神野は、網の上に置かれたタン塩をじっと見守った。肉の表面に脂が滲《にじ》み出す。じゅうじゅうと肉が蠢《うごめ》いて見えた。

「エロいな」

ポツリと言って、景子の顔を見た。

「えっ、タン塩を眺めて、何、考えているのよ」

「タン塩って、女のビラビラに似ているよな」

言いながら、箸を走らせ、口に運んだ。

「よくそんなことを言いながら、食べられるわね」

景子が目を尖《とが》らせた。こういうところが、生意気になった。前なら「私のと比べてみる？」ぐらいは言ったはずだ。

「おまえのほうが、薄くて柔らかい」

神野は、愛想笑いをした。脅かす前には、優しくした方がいい。

「あたりまえでしょっ」

景子が眦《まなじり》を吊《つ》り上げて、自分のタン塩をひっくり返した。脂が網の下に落ちて、炭火からぼっと炎が上がる。意外と高く上がった。

咄嗟《とっさ》に窓にその炎が映ったのだと思った。

みずからトングを取り、カルビを焼こうとした時だった。窓の向こうのビルの屋根からオレンジ色の炎が上がっているのが見えた。

「ありゃ、どこだ？」

「ソープ通りよ」

景子が箸でタン塩を持ったまま立ち上がった。

「あれ『バージンポリス』のビルだわ」

神野がシマにしているソープだった。五階建ての真木《まき》観光ビル。三階まで営業用の個室。四階が真木観光のオフィスで、五階は倉庫のはずだ。昭和四十五年完成の老朽したビルである。

神野はすぐに特上カルビを持つトングを止めた。

「漏電でもしたか」

おもわず顔を顰《しか》めた。そうだとしても、ソープ嬢や従業員の大半はすでに退店しているはずである。

物件だけの炎上なら、火災保険金が入る。事故ならさして問題ではない。建て替えは当然、関東舞闘会の系列建設会社で請け負うことになる。

神野は、直ちに算盤《そろばん》を弾《はじ》いた。五百万は儲《もう》かるだろう。

「いやねぇ、爆破事故になっているのに、顔がニヤついているわ」

景子が、タン塩を噛《か》みながら言っている。

「丸々燃えたら厄介だが、外観が残っていたら、建て替えではなく、改装でごまかせる。そうじゃねぇと都合が悪い」

屋根から火が上がるビルを眺めながら言った。

「どういうこと?」

景子が、不思議そうに言う。

最近、この女の口の利き方が少し気になりだしていた。情婦《イロ》も慣れ過ぎると、女房気取りになる。どこかで少し詰めておかねばなるまい。

極道と刑事は舐《な》められたら終《しま》いの稼業だ。後者は隠しているが。

「建築基準法だ。歌舞伎町に建つ風俗ビルやラブホっていうのは、だいたいが昭和四十年代に建ったものだ。その時と今では、容積率が大幅に変わっている。建て替えようとしたらほとんどのビルが、元の建物の七割以下でしか建てられない」

「あっ、その話、私もお客さんから聞いたことがある。コマ劇場のような大資本が入っている物件ならともかく、歌舞伎町の再開発が進まないのは、そのせいだって」

「事実だ。しかもこのあたりのビルは、土地と建物の所有者が別々で、しかも営業している店はまた別な会社というのがザラだ。まとまった都市計画なんて立てようがないのはそのせいだ」

それが極道の付け目だと続けようとして、その言葉は呑《の》み込んだ。いちいち女に言う話でもない。

サイドポケットの中でスマートフォンが震えたのは、特上カルビを裏返した時だった。ラインだった。

【若頭《カシラ》、バージンポリスにカチコミが掛けられたようです。たったいま真木観光の社長の田中《たなか》から電話が入りました。匕首《あいくち》で刺されて、動けないようです】

今夜の当番の鷺沼正芳《さぎぬままさよし》からだった。事務所は風林《ふうりん》会館のすぐ近くの飲食店ビルにある。組事務所といっても、いまどき代紋を掲げての稼業はご法度だ。神野は歌舞伎町では質店を、渋谷道玄坂《どうげんざか》二丁目ではSMクラブを経営している。金庫と拷問部屋の両方を所持しているわけだ。

「なんだとぉ？」

バージンポリス店主の六十六歳になる経営者は、大久保《おおくぼ》に自宅マンションを所有しているが、ときどき事務所に寝泊まりしていると聞いていた。

ソープの他に、金融業や不動産業も営んでいる典型的な歌舞伎町の住人だ。神野は、すぐにラインを打ち返した。

【サツが入る前に、店長を連れ出すぞ。四谷《よつや》の佐々木《ささき》医院だ。いまから俺も行く】

送信すると立ち上がった。

「カチコミだ。ちょっと出てくる」

神野は特上カルビをあきらめて、立ち上がった。

2

「扉はしっかりロックしていたんですが。どうやって開けたのか。うちは後付けですが電子ロックにしたばかりなのに」

なまじ電子のほうが、データを盗まれやすいということはこの親父《おやじ》は知らないらしい。

「で、襲撃してきたのはどんな連中だ？」

神野はパナマ帽のつばを少し上げながら、聞いた。

「金髪とオールバックの二人組でした。幸い女は全員帰った後でした」

バージンポリスの店長田中宏幸《ひろゆき》が左右の太腿を押さえながら、呻《うめ》くように言った。

ストレッチャーがガタガタと揺れている。

救急車ではない。鷺沼の運転するエルグランドだ。だがこの車、後部座席はすべて外され、トランクルームと一体化したスペースにストレッチャーが一台備え付けられている。

床に置かれたクーラーボックスの中には、消毒液や各種薬品、それに止血用のタオル類などが大量につめ込まれている。

関東舞闘会が所有する、専用救急車だ。極道は、喧嘩で血まみれになろうが、骨折しようが、安易に病院に駆け込めない。治療と同時に警察の事情聴取が待ち受けているからだ。

「おっさん。これは本職の仕事だ。腹を狙っていないのが何よりの証拠だ。しばらく車椅子生活だが、致命傷にならんだろう。俺らがケツを持っている以上、きっちりカタをつけてやる。で、奪われた金は？」

スモークガラスで覆われたエルグランドは、靖国通りを四谷に向かって進んでいた。サイレンまではついていないが、赤信号はほとんど無視して渡っている。

組員は全員暴走族あがりだ。腕は確かだ。

「手提げ金庫に入っていた百万程度です。ただし奴《やつ》らの狙いは、金じゃなかったです。店を譲渡しろと。無理やり営業譲渡書類をつきつけられて、答えも待たずに、太腿に匕首を差し込んできたんです」

田中は、その場面を思い出したように、目の縁に雫《しずく》を浮かべた。

「事務所に、実印などは置いていたのか？」

「はい、なんだかんだいっても、事務所が一番安全だと考えていました。会社の実印の他にも、貴金属やカネを貸した相手から預かっている借用書なんかも事務所の金庫に入れていました。そいつも、ごっそり持っていかれまして。最後に奴ら、五階の倉庫に火を放ちやがって。置いてあるのは、タオルやローションなんですから、あっという間ですよ。ペットボトルを持っていたので、たぶん、少量の灯油を火種にしやがったのかと」

神野は舌打ちした。

乗っ取りだ。それも堂々とした乗っ取りだ。

手口はだいたい想像できる。敵は、内部にスパイを送り込んだに違いない。

「おっさん、個室だけじゃなく、事務所の中でも、研修をしていたんじゃないのか？」

神野は片眉を吊り上げながら聞いた。

研修とは、泡嬢に、性技を仕込むことだ。

ソープやピンクサロンでは、経営者や店長が直接、サービスの手順を仕込む。服の脱がせ方から、舐め方、洗い方、体位の流れなどの技術指導から時間配分まで、その店固有のサービスを仕込むのだ。

そうした意味で、店の経営者は、一流の演出家ともいえる。田中も、常に新規の体位の開発や、トークの演出に余念がなかったはずだ。

「あっ、はい。事務所でもやっていました。どうもフェラテクの覚えが悪い娘《こ》がおりまして。わざわざマット敷いて仕込むことの程でもないので、事務所で、舐め方の特訓をしていました。いや、まさか里奈《りな》が」

田中は唇を噛んだ。

「その、まさかが年柄年中あるのが、歌舞伎町だぜ、おっさん」

そいつがビル内の配置や、電子ロックの機種などを報《しら》せていたに違いない。

「あの女、今夜は出勤日じゃないです。うっ」

田中は半身を起こそうとしたが、そのとたんに激痛に顔を歪《ゆが》めた。

エルグラシドは四谷三丁目の交差点を越え、少し走ったところで荒木町《あらきちょう》へと左折した。

飲み屋街を過ぎたあたりに佐々木医院はあった。普通の住宅だ。玄関の脇に白い看板がある。家の前に停車すると、頭髪の薄くなった五十絡みの男が出てきた。肩からゴルフバッグと小型のボストンバッグをぶら下げていた。

闇カジノで負けが込み、半グレ集団に攫《さら》われていたのを、会長の指示で救出したことから、関東舞闘会の専門医になった。ただし医院では診ないということをルールにしている。

さもゴルフに出かけるふりをして出てきたのもそのためだ。開業医としては暴力団との癒着《ゆちゃく》をハックさせてはならない。

神野はすぐにスライドドアを開けて、手招きした。

「先生」

「おぉ」

片手をあげて、佐々木が微苦笑した。まだ酒が残っている目をしている。すぐに乗り込んできた。

「組の者かね」

佐々木は、ボストンバッグから、メディカルグローブを取り出して嵌《は》めている。

「いや、一丁目のソープの社長です」

「それは、何が何でも助けないとな」

佐々木は注射器と縫合の用具を取り出した。

「先生よろしく頼みます。仕事に復帰したら、先生には百枚綴りの招待券を差し上げますよ。指名料込みです」

「それは、嬉《うれ》しいね」

タオルを外すと患部が現れた。灰色のズボンの左右の太腿のあたりが裂けていた。生地に血が滲んで黒ずんでいる。佐々木が刺された部分を確認した。

「どっちも三センチというところだ。しかも急所は外してある」

注射器で麻酔を吸い上げながら、佐々木が言った。

「治療すれば、また歩けますか」

田中が聞いた。

「正常位でセックスも出来ますよ。安心してください」

腕に注射の針を差し込んだ。十秒ほどで、田中は寝入った。

エルグランドは静かに走り出した。左折を繰り返し、四谷三丁目へと戻ると、そのまま信濃町《しなのまち》方面へと進んだ。

絵画館前の銀杏《いちょう》並木の中にエルグランドを停《と》めて、縫合は行われた。ものの十分とかからずに終了した。

「カシラ。これで大丈夫だよ。一時間ぐらいしたら目が覚める。三日ぐらいは安静にさせておいてください」

佐々木が道具をしまった。

「助かりました。後ろにもう一台、呼んであります。ゴルフ場まで送らせますよ」

神野は親指を立て、背後を指した。黒塗りのシーマが一台停車している。

「さすがは気配りの神野さんだ。遠慮なく使わせて貰《もら》うよ」

佐々木がゴルフバッグを担いで降りていった。

「鷺沼、俺を歌舞伎町に戻して、このおっさんは大久保の自宅に運んでやってくれ。明日、誰かと交代するまで、付き添え」

警護は極道の基本任務のひとつだ。警察では守り切れないものを、極道なら守れる。

「はいっ」

初期対応を終えたところで、車中から会長の黒井に電話を入れた。

「おやっさん。歌舞伎町のバトルロイヤル、意外と早くやって来たみたいっすよ」

この一時間のあらましを話した。

定宿である西新宿のKプラザで寝ていた黒井は、不敵な笑い声を立てた。

「ビルの社長は確保してあるんだな？」

「はい。見張りもつけます」

「やったのは、おまえの見た連中で間違いないだろうよ。歌舞伎町の既存組織じゃねぇよ」

黒井もそう読んだようだ。

「突き止めるところまでやらせてもらえますか？　家宅捜索《カチコミ》は、おやっさんの指示が出るまで勝手にやりませんから」

「わかった。探りを入れろ。この時期にむりやり仕掛けてきた動機が知りてぇ」

その通りだ。東京五輪開催直前で、警察がもっともピリピリしている時期に、わざわざ騒ぎを起こすとはよほどのことだ。

「まず相手が、どこの組織か調べます」

神野は答えた。方法は決めてある。

「俺も、ちょっと桜田門《さくらだもん》に手を回しておく」

黒井はそこだけ声を潜めた。

黒井は関東舞闘会の会長であると同時に、警察庁の特殊捜査員だった。警察学校を出た約二十年前から、不良の中に潜伏し、ここまでの組を起こした男である。

暴走族だった頃から黒井に憧れ、行動をともにしてきた神野は二年前に、黒井の推薦で内調の覆面捜査員（スリーパー）となった。ゴロツキだった自分が気づくと公務員だ。

まさか国から手当てを貰って喧嘩《ゴロ》を巻くようになるとは思ってもみなかった。昨年から管轄が警視庁に変更になった。とうとう刑事になった。

「桜田門のほうはよろしく頼みます。所轄にむやみに嗅ぎまわられると、こっちが動きづらくなります」

神野は丁重に頼んだ。

「あぁ、相手が本職なら、闇の中でケリをつけちまった方がいい」

「その通りですね。検挙も、裁判も、省略ってことで」

極道のやり方で裁くということだ。最高刑はもちろん死刑。すべては闇の中で始末をつける。神野はスマホを切った。

3

真夜中はまだ眩《まぶ》しかった。

神野は、騒然としているゴジラロードの手前でエルグランドを降り、景子を待たせたままにしている焼肉店に向かって歩いた。

ゴジラロードに消防車が二台停車していた。ホースがソープ通りへと伸びている。ソープはもう水浸しにされてしまったことだろう。野次馬をしり目に、神野は焼肉店に戻った。

「早かったわねぇ」

景子が焼酎を手酌でやっていた。座り直すと、すぐに新規の特上カルビが運ばれてきた。景子が網に載せてくれる。

「あぁ、どうってことはねぇ。すっかり待たせてしまったな。ひとりで平らげたか？」

一時間の間にあったことは一切告げない。

「疼《うず》いたまま放置されたから、ひとりで、さんざんやっちゃったわよ。ここ個室だし」

「ん？」

神野は、景子の顔を見た。

「テーブルの下から、覗《のぞ》いて」

景子が人差し指を下に向けている。神野は、椅子を引いて、かがみ込んだ。

「おまえ、最低な女だな」

スリップワンピの裾が腰骨の上まで引き上げられている。

景子はその格好で両脚を大きく拡《ひろ》げていた。パンティは右足の脛《すね》に絡みついていた。

太腿の付け根で、タン塩のような肉びらが左右に開き、その上から肉芽がにょっきりと顔を出していた。

肉びらが、ぬらぬらと光っている。景子が、その部分を弄《いじ》り出した。

歌舞伎町ナンバーワンキャバ嬢のオナニーショーだ。あまりにも扇情的すぎて、いっきに勃起した。

神野はすぐに頭を上げた。

「食う気が失《う》せた」

箸を置く。本来の気持ちとは真逆のセリフを吐く。極道はそれが出来なければ、一流にはなれない。

「嘘《うそ》っ」

すぐさま景子の顔が引き攣《つ》った。早くその気にさせようと、こんな見せつけをしたのだろうが、ここは堪《こら》えどころだ。己の欲情を悟られないようにするのが、俠客《きょうかく》の務めである。

「悪いが、すぐに探し出して欲しい女がいる」

「えぇえぇ〜。いまからホテルじゃなかったの？」

景子は目を細めながら小さく叫んだ。指は動かしたままだ。

「緊急案件だ。乳繰り合っている場合じゃない」

「そんな、今夜は、やるって」

景子が切なそうに目を潤ませた。太腿を寄せ合わせたようで、淫らな音が鳴った。

「てめぇ、なに色呆《いろぼ》けしてやがる。てめぇも極道の情婦《イロ》なら、俺の言う通りのことをさっさとやらねぇか」

神野は凄んだ。

やりたくて、やりたくてしょうがないのは神野とて同じであったが、いまは、稼業が優先だ。一刻も早く、襲撃してきた相手を特定しなければならない。

「はいっ、あんた。ごめんなさい。誰を探せばいいんですか」

ビビった景子が、背筋を伸ばし、人差し指をおしぼりで拭いた。妙に生々しい仕草だ。神野は勃起を悟られないように、脚を組んだ。

「バージンポリスの里奈って女だ。探ってくれ」

ほぼ一キロ四方の狭い地帯に、飲食、キャバ、ヘルス、ソープ、ホストクラブがひしめいているのが歌舞伎町だ。

水脈、お湯脈から探れば、たいがいの情報は出てくる。

「ちょっと待ってください。まずホストの線からやってみます」

景子が敬語になってスマホを取る。指が震えていた。

「優斗《まさと》。来週、お客を回すから、ちょっと調べてよ。バージンポリスの里奈って女のホーム。そうウォンテッドなの」

切るとすぐに、神野に向きなおった。

「この時間に動かせるのは、ホストとオネエだけですが、回覧を回してもらったので、十分ぐらいで、連絡が入ると思います」

「なら、待つか」

神野は、じっと景子の眼を見つめた。怯《おび》えた眼をしていた。出会った頃の新鮮さが戻ってきている。

情婦といえども馴れ合うとだめだ。所帯じみてくる。時々こうしてカンフルを打った方がいい。

「パンティは脱いだままなのか？」

眦を吊り上げたまま言った。

「あっ、ごめんなさい。私、調子こいちゃって。こんな格好で……直します」

景子は恥ずかしそうに、中腰になった。

「かまわない。そのまま、こっち来い」

「えっ」

景子がビクッと震えた。仕置《ヤキ》を入れられると思っているようだ。

「あんた、赦《ゆる》して。ほんと、私、調子こきました。久しぶりに、ゆっくり会えると思ったら、つい気持ちが弾んじゃって、上擦っていました。だから、お願いです。乱暴はしないで」

中腰のまま言っている。

「ぐだぐだ言ってねぇで、スカート捲って、尻を丸出しにしたままこっちに来いや」

神野はさらに鋭く睨んだ。

極道の基底《きてい》にあるのは暴力だ。その臭いを消したら、存在価値はなくなる。怖がられてなんぼの稼業だ。

「は、はいっ」

景子が、スリップワンピの裾を持ち上げたまま、歩み寄ってきた。小判型に刈り上げられた陰毛が、ハッキリ見えた。

神野の斜め前に立った。膝の下がぷるぷると震えている。神野は椅子を後ろに下げた。

ベルトを緩め、ホックを外す。景子がゴクリと生唾を飲む音が聞こえた。そのままファスナーを降ろし、中から、隆起した逸物《いちもつ》を取り出した。

ビール瓶のような色をした肉茎が現れる。

「俺の膝の上に座れ。きっちり差し込むんだ」

「えっ、はいっ」

景子は戸惑いながら、テーブルと椅子の間に身体を入れてきて、円《まる》く形の良いヒップをゆっくりと下降させてきた。背面座位だ。

「あっ」

亀頭の尖端《せんたん》が花びらの芯に触れた瞬間、景子が甘やかな声をあげた。

「ぐずぐずしているんじゃねぇぞ」

神野は声を張り上げた。とにかく追い込んでやる。

「はい、いますぐ、挿入しますから。あぁ、ここ」

ヒップを振りながら、角度を合わせているようだ。

その様子が、横の窓に映った。

この先何をされるのかわからないといった恐怖が先行している表情だった。淫乱な表情をしていた時よりも、ぞくりとするほどの色気が漂っている。

これでいい。女は追い込まれた時のほうが、色気が出る。

惚《ほ》れ直した思いだ。

ズルっと亀頭が、秘穴にめり込んだ。

「うっ」

圧迫される快感に、神野も思わず声を上げた。そのまま、柔らかい粘膜が舞い降りて来て、あっという間に肉茎の全長が包み込まれた。

「あぁあああっ」

景子が、テーブルの両端を摑《つか》んだまま背中を反らせた。セミロングの髪の毛が、神野の顔に押し付けられてくる。リンスの匂いが心地《ここち》よい。

「さっさと上げ下げしろよ」

それでもまだ、つっけんどんに言ってやる。

「はいっ」

景子がヒップの上下運動を始めた。ずちゅっ、ずちゅっ、卑猥《ひわい》な音をあげながら、擦り立ててくる。

神野もこの状況に興奮した。淫情がどんどん高まってくる。

スリップワンピをさらに捲り上げてやる。シルキーホワイトのブラジャーが丸見えになった。フロントホックだった。それを弾いた。夜の窓に真っ白い乳房とサクランボ色の乳首が映えた。

「あっ、通りから見えちゃう。恥ずかしいわ」

景子が慌てて、両手で乳房を覆った。

「おめぇ、何、気取ってんだ。俺がおめぇの乳を見てぇと言ってんだっ」

神野は、怒張を突き上げた。

「はいっ。ごめんなさい」

景子が狼狽《うろた》えながら、手を外した。乳首が、さらに硬直していた。

「自分で乳首を摘《つ》まんで、伸ばせよ」

貶《おとし》めるときは、徹底的に貶める。そうしなければ、たとえ情婦《イロ》でもつけ上がってくる。景子のような、日ごろからちやほやされている女はとくにだ。

「いやっ、野次馬がこっちを見ているわ」

景子の声が震えだした。

「なら、もっと見せてやれよ。窓ガラスに乳首をくっつけたらどうだっ」

「赦してください。私のお客さんがいるかもしれないので」

泣き声になっている。

まぁ、こんなところだろう。キャバ嬢として働けなくなるところまで、追い込んではならない。

神野は、ワンピースをさっと引き下ろした。景子のバストがすっと隠れる。

「これからは、調子に乗りすぎんじゃねぇぞ」

髪の毛を撫でてやる。

「はい。もう決して」

景子が振り向いて、すまなそうに頭を下げた。そこから、神野は怒濤《どとう》の連打を叩きこんだ。

貶めたぶんだけ、性的な満足を与えてやらなければ、今度はこちらの立つ瀬がなくなる。刑事になっても、気性は極道のままでありたい。

「あぁあああ。今日のあんた凄すぎるっ」

「ばか、あんまりでかい声を出すんじゃねぇ。店の者《もん》にバレバレだろうが」

「あぁ、でも」

景子が照れ臭そうに窓の方を向いた。喘《あえ》ぎ声を店内に向けては発したくなかったのだろう。

喘ぐ吐息で窓が曇った。神野は、ラストスパートをかけた。そろそろ放出してしまいたい。

「イクッ」

「女のイクを、俺は信用していない」

構わず、棹《さお》を出没させつづけた。マジで昇天させないと納得出来ない。神野の性分だった。

それから二分は擦り続けた。

「あっ、ほんとに、イキます」

膣《ちつ》筒が、一気に窄《すぼ》まり、景子の首筋から一際甘い匂いが漂ってきた。同時に、テーブルの上にあった景子のスマホが鳴った。先ほどのホストからの返事のようだ。鳴り続けている。

「おぉおっ」

それを潮に、神野もぶち上げた。この一時間ばかりもやもやと溜《た》まっていたものをすべて吐き出した気分だ。いくつもの波に分けて発射した。

「やっぱり、癇癪《かんしゃく》も景子に受け止めてもらわないとな」

抜きながら、笑顔をみせてやる。

「はい、あんたのすべてを受け止めます。私、極道の女ですから」

殊勝なことを言う。

刑事だと知ったら、愛想をつかされるだろうか？　いずれ真実を伝えなければならないと思うがそのタイミングが難しい。

スマホはすでに鳴りやんでいた。

「かけなおしますから」

やはりホストからだったらしい。景子がタップして耳に当てた。その間に神野は肉茎を仕舞い込んだ。

スマホが繋《つな》がったようだ。景子はハンドバッグを引き寄せ、メモ用紙を取り出している。

神野は立ち上がりベルトを締め直しながら、なにげにゴジラロードを見下ろした。ビルはすでに鎮火したように見える。消防車も引き上げる準備をしている。

だが、ひとりの消防士が通りを渡って、こちらのビルに向かってきている。赤い工具箱のようなものを持っていた。神野はそいつをじっと見た。妙な胸騒ぎがする。

真下までくると消防士が、不意に上を見上げてきた。神野と目が合った。狐《きつね》のような眼だ。

妙な既視感があった。知り合いに消防士はいない。

誰だ、あいつ？

消防士がヘルメットのつばを少しだけ上げた。額が広すぎる。スキンヘッドだった。

「！」

黒のアルファードの運転席にいた男だ。消防士が、工具箱を持ったまま、ビルの中に入ってきた。

神野は咄嗟に景子の背中を押して、個室を出た。

近くにウエイターがいた。

「ここから誰も出すな」

ウエイターは要領を得ない様子だったが、とにかく頷《うなず》いた。

客は、他に一組いた。四人だ。始発待ちらしいサラリーマン風の客が四人で、並みのロースを焼いていた。他は野菜ばかりだ。神野はその客のテーブルに歩み寄った。

「悪いな、ちょっと借りるぜ」

トングを奪い取り、把手《とって》代わりに使い、鉄板プレートを取り出した。焼いている途中のロースが滑り落ちた。

四人のサラリーマンたちは、凝然となった。

「徹っちゃん」

景子がスマホを耳に当てたまま、目を瞬《しばた》かせた。

「待っていろ」

神野は、鉄板プレートをぶら下げたまま、三階のホールに飛び出した。

耳を澄ます。二階のほうから、足音が近づいて来た。エレベーターがないので、階段を昇って来るしかないのだ。

このビルにエレベーターがないのは、かつて五階に組事務所があった名残《なごり》だ。人目につかない裏手にはあるのだ。

先制攻撃だ。神野は階段を駆け下りた。二階と三階のちょうど真ん中にある踊り場の手前で待ち伏せる。

五段ほど上だ。

オレンジ色の消防服の腕が見えた。神野は腕を振った。アンダースロー。高熱の鉄板プレートが背後に回る。

ヘルメット姿の偽消防士が、現れた。赤い工具箱を下げている。

「くらえっ」

神野は鉄板プレートを放った。顔面に向かって飛んで行く。

男の眼球が高くなった。だが何が飛んできているのか、よく理解できていないような表情だ。

その顔にヒットした。

「わぁあああああ」

男は、工具箱を放り投げ、顔を押さえてその場に両膝を突いた。

神野はそのまま、階上から舞い降りた。パナマ帽が、宙に舞い上がる。

「おまえなんか、死んじまえよ」

空中で右膝を曲げた。

両手で顔面を押さえている男の、その手の甲に膝頭を叩きこんでやった。ぐしゃりと、頬骨も折れる感触があった。

「うぁわぁあ」

男はもう一度呻いた。顔を覆っていた手が離れた。

男の顔に数本の縦縞が入っていた。鉄板プレートによる焼き印だ。

神野は工具箱を拾い上げ、蓋を開けた。

案の定、二号ダイナマイトが二本入っている。産業用ダイナマイトだが、建設会社などなら簡単に購入できるものだ。

「てめぇ、どこの組のもんだ」

「ちっ」

男が、腰裏に隠し持っていた匕首を取り出した。

「俺を関東舞闘会の神野と知っての襲撃か！」

神野は、一歩飛び退いて、拳を構えた。鋭く睨み返す。相手の眼が泳いでいる。

なまじヘルメットや消防服姿のために、相手の身体は重い。その上、顔面は重度の火傷《やけど》に頬骨損傷。

「匕首なんて、怖かねぇんだよ。こらっ」

突っ込んできたタイミングで、金的を狙うつもりでいた。だが、相手は間合いをつめてこなかった。

じりり、と後退したかと思ったら、一気に振り向き、階段を駆け下りた。そのままゴジラロードに飛び出していく。

「くっ」

一瞬、呆《あき》れたが、深追いは禁物だった。ゴジラロードにはすでにパトカーも停まっているのだ。ダイナマイトをベルトに差し込み、三階に戻った。

いずれ、返却してやろうと思う。

「終わったよ。そこの堅気のお客さんに、特上カルビを五人前ほど、振る舞ってやってくれ。あぁ、それと鉄板は新しいのを」

神野は何事もなかったように、店主にそう言った。

景子は焼酎のお湯割りの入ったグラスを手で温めながら待っていた。

「ありがとよ」

昂《たかぶ》った気持ちを落ち着かせるために、一口飲んだ。

「バージンポリスの里奈っていう女の居場所がわかったわ。上野《うえの》で働いているホストのマンションで暮らしているみたい」

メモ紙を貰った。

マンション名が書いてある。場所は台場《だいば》だ。

「随分と遠くから通ってきていたんだな」

「お湯商売の人たちには、多いんです。素性を知られたくないんでしょうね」

「敬語は、もういい。いつものように話せ」

「はい、いや、うん。わかった。徹ちゃんがそのほうがいいのなら」

景子は照れ臭そうに笑った。

とうぶん、こいつともゆっくりセックスしている暇はなさそうだ。

「朝まで、しっかり擦り合わねぇか。お前の部屋で、よ」

神野は、景子のスリップワンピの上から、股間を押した。下着を取ったままなので、生々しい感触が伝わってきた。

「はい」

景子が、はにかむように頷いた。久しぶりにグッときた。

4

「煙草《たばこ》を買いに行ってくる」

と言ったまま、千駄ヶ谷の景子のマンションを出てきた。パナマ帽は置いたままだ。

エントランスに面した明治通りに、すでに黒のキャデラックが待機していた。午後四時だ。

後部席に乗り込んだ。運転席は川村《かわむら》。助手席には昨夜一緒だった鷺沼が座っていた。川村は、運転専門だ。

「台場だ」

「へい」

キャデラックが、新宿方向に滑り出す。

陽《ひ》がわずかに傾き始めていた。

「田中のとっつぁんは？」

鷺沼の後頭部を見ながら訊いた。鷺沼はすぐに振り向いた。

「今朝、いきなり警察が自宅にやって来たので驚きました。田中社長は太腿の傷は隠したまま、事情聴取に応じました」

「おまえの役どころは？」

神野は確認した。

「自分は、店のボーイということで、昨夜のうちに取り決めていました」

芝居も極道の修業のひとつだ。

「それで、サツには？」

神野は先を促した。

「冬場の停電用に置いていた古い灯油ストーブに、多少、油が残っていたんじゃないかと。上手《うま》い言い訳をしていました」

「誰かに、襲われたという気配は？」

「へいっ、おくびにも出していません。サツもケガ人や類焼がなかったことから、二十分ほどで引き上げました」

「いまも若いのはついているだろうな」

「部屋の中に山本《やまもと》、マンションの前に車に乗った松原《まつばら》が張り付いています」

組内屈指の武闘派のふたりだ。敵の正体が割れるまでは、張り付けておくしかない。これで田中が攫われるようなことにでもなったら、関東舞闘会のメンツは丸潰れになる。

キャデラックは新宿から首都高に乗った。

三十分ほど走ると、台場の降り口が見えてきた。

「鷺沼、ブツは持ってきたか？」

「はい。十包《パケ》仕入れてきました。注射器は、以前、佐々木さんからもらったものを二本。すでに注入してあります。一本どうぞ」

注射器を差し出してきた。神野は受け取った。

「それと、これ、念のため、入手してきました」

鷺沼がスマホを翳《かざ》した。画像がアップされている。

「これがホストです。店では隼人《はやと》。本名は柿崎清二《かきざきせいじ》。二十五です」

こざっぱりした男の顔が写っていた。

「で、こっちが里奈。二十二だそうです」

「上出来だ」

鷺沼も随分仕事を覚えてきたようだ。そろそろ債権回収《キリトリ》から卒業させて、クロサギの道に進めようかとも思う。

クロサギとは、プロの詐欺師を騙《だま》す、詐欺師のことをいう。

キャデラックが、台場に降りた。右に曲がれば、フジテレビやグランドニッコーなどがあるメインストリートだが、左折した。

有明《ありあけ》方面だ。

埋立地の人工的な景色が広がった。まるで注文を付けたように、雨が降ってきた。土砂降りになってくれればなお結構だ。

左手に、景子が聞きだした上野のホストが住むというマンションが見えてきた。いまどきのタワーマンションなどではない。名前こそ『エンパイア海浜《かいひん》』と大仰だが、昭和の匂いたっぷりな、まるで団地のような建物だった。

「あのマンションなら、万能鍵で十分ですよ」

鷺沼が、膝の上に置いたリュックに手を突っ込み、鍵を取り出した。ポケットに放り込んでいる。

「その先を左に曲がれ」

神野が、ステアリングを握る川村に命じた。

キャデラックは隠した方がいい。

細い路地に入って、キャデラックは停車した。

運転手の川村を残して、神野と鷺沼とで外に出た。雨が本格的に降ってきている。ふたり共、トランクから傘を取り出し、マンションに向かった。鷺沼はリュックも背負った。

一分で現場に到着した。誰でも入れる入口だった。無人の管理人室の横に郵便ボックスが並んでいる。

三〇二号。柿崎。目指すホストの名前があった。

「ありがたい、三階ですね」

鷺沼が少し濡《ぬ》れた前髪を搔《か》き上げながら笑顔を見せた。

「まぁな」

階が上なほど、上がってくる人間は限られているということだ。窃盗の心得だ。窓が道路に面している一階が危険だと考えるのは、素人《しろうと》の浅知恵と言うものだ。一階ぐらい人目につく階はない。一般人や警察は、常に犯罪者の心理になって考察したほうがいい。神野は国に雇われて以来、つくづくそう思うようになった。内階段を急いであがった。雨足が強くなった。

三〇二の鉄扉に、耳を当ててみる。中から女の艶《なま》めかしい声が漏れてくる。やっているらしい。

「やれ」

神野は、鷺沼に命じた。

鷺沼が、ポケットから万能鍵を取り出した。慣れた手つきだ。

極道が債権回収《キリトリ》を依頼された場合、手段は選ばない。合法的な回収ではないからだ。

どんな相手の家でも、勝手に鍵を開けて入っていく。本人がいなければ、貴金属でも絵画でも、もしそこにあれば覚醒剤でも、金めの品は、容赦なく持ち出してくる。

どのみち恐喝も、窃盗も犯罪に違いないのだから、順序はどうでもいいのだ。

神野は、鷺沼の作業を眺めながら、自分は注射器を手に取った。シュッと軽くひと吹きしてみる。霧が飛んだ。

カチャリと、ロックが外れる音がした。鷺沼は鍵をポケットに仕舞い、代わりにすぐに注射器を取り出した。

「行くぞ」

「はいっ」

神野が扉を開けた。短い廊下が見えた、一気に走り込む。

リビングに敷かれたラグの上で、若い男女が繋がっていた。女が四つん這《ば》いで、男が後ろから突いている。夢中のようだ。

背後から近づいた。

女が「あぁあ、隼人、イキそう」と喘ぎながら振り向いた。その網膜に神野の全身が映ったようだ。

「えっ」

その顔が歪んだ。昇天するのとは違う歪み方だ。

「ノックするのも野暮だと思ったんでな」

神野は注射針を突き出しながら、凄んだ。男の方も振り返った。里奈の秘裂に欲望を突き刺したままだ。

「誰だよ」

声を張り上げたが、上擦っている。

「歌舞伎町のソープの代理人だよ。その女に用があってきた」

言いながら、隼人の腕を取った。男は抵抗する気力をすでに失っている。静脈にぶすりと針を刺す。

「うっ」

「心配ない、気持ちよくなるだけだ」

ポンプを最後まで押す。

その間に、鷺沼も里奈の腕を取っていた。

「打つと、もっと早く昇天するようになるから」

鷺沼は、そんなことを言いながら、静脈に流し込んだ。第一作業の完了だ。

鷺沼が脅しを入れ始めた。上司の神野に腕が上がったことをアピールするチャンスと見たようだ。

「さぁ、エッチを続けてよ。話はやりながらでいいんだ。正直に話してくれれば、ふたりの顔や身体は痛めつけないよ。商売は続けたいでしょう。ただし、答えなかったら、どんどん覚醒剤を打ち込んじゃうよ。風俗嬢やホストが、ストレスからヤクに手を出して、過剰摂取で死ぬって、よくあるでしょう」

注射器をちらつかせながら言っている。隼人は、腰を振り始めた。

「あっ、いいっ、隼人、さっきよりも硬くなった」

「おぉ、里奈の締まりもいいぜ」

シャブのせいで、快楽度数が急上昇したようだ。

「誰に頼まれた?」

鷺沼が四つん這いの里奈の乳房を、揉みながら聞いた。

「それは、隼人が……」

尻をくねらせながら、振り返り、上目遣いに隼人を見上げている。

「おまえ、観念しろよ。女をたぶらかすように、誰に言われた」

神野は隼人の尻を軽く蹴った。革靴の尖端が尻の割れ目にはまる。軽くで充分だ。

睾丸《こうがん》が揺れた。

「俺、それ言ったら、殺されますよ」

「ここで、死ぬのとどっちがいい？」

こういう場合、半グレやヤクザに脅された経験のある者の方がオチるのが早い。

本当に殺されるということを知っているからだ。ホストは、そういう連中によく脅かされている。

「いや、あの」

隼人は、しどろもどろになった。

「こらぁ、もっと、棹を動かせよ」

間髪入れずに鷺沼が怒鳴った。隼人は、慌てて腰を振った。棹が縮まないのは、
おそらく勃起薬を使用しているせいだろう、

「誰に頼まれた！」

神野が睾丸を蹴った。

「んがっ、出るっ」

隼人が顔を顰《しか》めた。射精したようだ。

「出るじゃねぇよ。おめえに女を使って、バージンポリスの内情を調べさせたのは、どこの誰だって、聞いているんだよ」

神野が、革靴で、臀部《でんぶ》に踵落《かかと》としを決めた。

「あぁあああああ、本当に殺されるんです」

「だったら、俺らに鞍替《くらが》えしろよ。生き延びさせてやる」

鷺沼が、誘導する。二年前まで、この誘導は神野の役目だった。黒井がいまの自分の役回りだ。

「本当ですか。里奈も俺も生き延びさせてもらえるんですか？」

「あぁ、三年ぐらいは離れて暮らすことになるがな」

今度は神野が言った。こいつらが、生き延びる方法はそもそもそれしかないのだ。

「上郷《かみごう》組若頭の桐林《きりばやし》さんです。桐林さんに、バージンポリスの内部を探らせろ、と命令されたんです。俺ら、上郷組にケツ持ってもらっていますから」

隼人が震える声で言った。落ちた。上郷組は、戦後の混乱期から上野をシマにする独立系の指定暴力団だが、五年ほど前から、華僑《かきょう》系マフィアとの提携が進んでいると聞く。

放置すれば、いずれ国内系ヤクザにとって脅威になる可能性がある。

「その桐林というのは、スキンヘッドかな？」

ついでに聞いた。

「いや、違います。巨体の人です」

「あぁ、黒髪のオールバックだな。冷蔵庫みたいにでかい男」

「ええ、たぶんそれが桐林です。スキンヘッドの人は、たぶん立花《たちばな》さん。上郷組の切り込み隊長と呼ばれている人です」

上郷組は、老舗《しにせ》団体ではあるが、もともとが焼け跡に現れた愚連隊系だ。血の気の多いのは、組の遺伝子であろう。旧博徒系や神農《てきや》系が、暴対法施行後、ぞくぞくと経済ヤクザに転換を図ったのに対して、上郷組は、剝《む》き出しの暴力を売り物にしているという。半グレ集団とさして変わらない。

「わかった。ありがとよ」

気が付くと鷺沼が、キッチンカウンターの裏側に消えていた。冷蔵庫を開けている。

第二作業の完了だ。

「なら、射精もしたことだし、俺たちと一緒に来てもらうか。ふたりとも服を着ろよ。とっとと上郷組から逃れよう」

出来るだけ優しく言ってやる。ここからの詰めが大事だ。隼人と里奈は、いそいそと着衣し始めた。

シャブのせいで、テンションが上がったままなのだ。

切れる前に、カタをつけねばなるまい。神野はすぐに川村にラインで知らせた。

キャデラックを通りに出させる。

「行くぞ」

着衣を終えたふたりを外に連れ出す。鷺沼が、丁寧に鍵を締めなおした。キャデラックに乗せた。川村が、水飛沫《みずしぶき》をあげながら台場へと戻っていく。車は渋谷の道玄坂にたどり着いた。ラブホ街へと入る道の前だ。鷺沼が、先に降りた。

「二時間後に別々の場所に匿《かくま》うことになる。それまで、せいぜい死ぬほど擦り合え。あの男がラブホに案内する」

傘を持って待っている鷺沼を指さした。

「はい」

隼人が頭を下げた。腹を括《くく》った顔だ。

「あぁ、これを持っていけ。最後のセックスに打つのには、十分な量だ。そのポンプはラブホのゴミ箱に捨ててこいよ」

小さな紙袋を渡した。一包の粉と、二本の注射器入りだ。

「あっ、ありがとうございます」

今度は、里奈が嬉々《きき》として受け取った。ふたりが降りた。鷺沼がまっすぐラブホ方向へと歩いていく。

神野はその背中を見ながら、スマホを手に取った。黒井が出る。

「女は、ピンクのマイクロミニに白のオーバーブラウス。男は、ホワイトジーンズに黄色のアロハ。ネックレスをジャラジャラ付けています」

「わかった。渋谷南署の防犯係が、巡回している時間だ。普通に職質を受けるだろうが、マトリにも連絡を入れておく」

これでふたりは現行犯逮捕だ。部屋からも現物が出てきて、しばらくは刑務所で、安全に暮らすことになる。

第三作業終了だ。

「それで、敵は割れたか？」

黒井が聞いてきた。

「上野が歌舞伎町に手を突っ込んできたようです」

「なら、こっちも上野を獲《と》りにいくまでだ。ちょうどいい、上野の件で、サクラの大親分からも呼び出しがかかったところだ」

黒井が、不敵に笑う声が聞こえた。会長《オヤジ》がこんな笑い方をしたときは、怖い。

戦争を始める気だ。

どうやら、昭和の任俠《にんきょう》映画のリバイバル上映が始まりそうだ。

第二章　上野アンダーワールド

1

「後楽園《こうらくえん》ホールだ」

　黒井健人は、運転手の鷺沼にそう命じた。黒のメルセデスベンツS560。隣には、若頭の神野が座っている。

「阿部雅彦《あべまさひこ》と萩原健《はぎわらけん》のノンタイトルマッチすか」

　神野がパンフレットを見ながら言っている。

「あぁ、タイトル戦ではないとはいえ、勝ったほうが見城稔《けんじょうみのる》への挑戦権を得ることになるから、今夜はガチだ」

　見城稔は、現在の全東洋パシフィックミドル級チャンピオンだ。

「ガチだったらやばいでしょう。うちのぼろ負け必至ですよ」

神野が、パナマ帽のつばをあげて、額に手を当てた。

関東舞闘会は、この対戦カードで、全国の親分衆からかなりの賭け金を受けている。ほとんどの親分が萩原買いだ。黒井としては、場の均衡をはかるために、阿部で受けていた。玉砕覚悟だ。この際、二億ほどのロスは致し方ない。

「いや、全国の伝統的任侠《にんきょう》団体の皆様には、この三年、ずいぶんと耐えていただいている。そろそろ儲《もう》けてもらわないと、耐えきれなくなる可能性もあるからな。賭場の勝ち金という名目で支援せねばならないだろうということだ。言わば国策だな」

来年の夏が終わるまで、耐えて欲しい。

「警察力だけじゃ、国家的イベントは守り切れませんからね」

神野が、窓外を流れる景色を眺めながら言った。外堀通り。神楽坂《かぐらざか》下を抜けたあたりだ。陽《ひ》が落ちるのが幾分早くなったようだ。あたりは黄金色に染まり始めている。

「その通りだ」

守り切れるものではない。世界中のテロ集団がアピールの場と考え、どんな攻撃を仕掛けてくるのかわからない。

多国籍マフィアも同じだ。

この期に、日本に根を張ろうと、外国人観光客に紛れ込ませた売春婦と薬物で荒稼ぎを図ろうとしている。

二〇二〇年、東京オリンピックだ。

これだけ、マトに掛けられやすいでかいイベントは、またとない。

黒井たち関東舞闘会は、主に多国籍マフィア対策を受け持っている。

闇社会に根を下ろし、逮捕を目的とはせず、即刻処理することを任務とする特殊捜査隊。

通称闇処理班。それが関東舞闘会の真の姿である。

ボスの黒井健人はもともと内閣情報調査室の潜入捜査員として、新横浜に暴走族を結成し、十数年もの時間をかけて、ここまでの組に仕立て上げた。

昨年より、管轄が内調から警視庁に変更になっている。政権に左右されない部隊でなければならないからだ。極道がとうとう刑事になってしまった。

メルセデスが水道橋《すいどうばし》駅の手前で止まった。ここからは歩く。

リングサイドではなく、スタンドの中ほどの位置に座る。通路側から入り、ふたつ目と三つ目の席だ。

ノンタイトルマッチであっても客席はほぼ埋まっていたが、黒井の隣だけは空席になっていた。通路に面した席だ。

リングアナウンサーが上がった。両コーナーの選手がそれぞれ呼ばれる。タイトルマッチのような派手な演出はない。

先に青コーナーの阿部が、ロープを潜《くぐ》ったときに、背中で気配がした。例によって、決して振り向かない。神野も同じようにリングを見つめたままだ。赤コーナーの萩原も入場してきた。歓声は、萩原のほうが上だ。それでいい。

レフリーが、それぞれの選手に注意事項を説明している。客の視線はリングにだけ注がれている。

ゴングが鳴った。八ラウンドの闘いが開始された。

阿部が一気に前に出ている。動きはいい。

だが萩原は余裕のようだった。身体《からだ》を左右に振って躱《かわ》している。そうでなければ困る。

勢い余った阿部が、スリップした。大振り過ぎだ。

そのとき、通路からぬっと影が現れ、黒井の隣に座った。

濃紺のポロシャツにサンドベージュのチノパン。それにニューヨーク・ヤンキースのキャップを被《かぶ》った男だ。日曜日の午後に、ゴルフ練習場でよく見かける壮年サラリーマン風だ。

「歌舞伎町が狙われている件だが、単なる縄張り争いではないようだな」

男はピーナッツの袋を破り、齧《かじ》りながら言う。しわがれた声だった。

「と、言いますと？」

黒井は前を向いたまま聞いた。

「地面師グループが動いている」

男が答える。ピーナッツをほおばりながらだ。

「歌舞伎町に手を突っ込むなんて、そんな度胸のある地面師がいますかね」

黒井が首を捻《ひね》った。男からピーナッツの袋を差し出される。三粒ほど取り、口の中に放り込んだ。

「国内系の与党暴力団が、息を潜めてるこの時期を狙っている連中がいる。警察も東京オリンピックの開幕が迫る中、捜査よりも警備に神経を集中せざるを得ない。この時期に、東京中の土地をかっさらおうとしている輩《やから》がいることだけは確かだ」

ピーナッツ男がそう言った。日頃は桜田門の最上階にふんぞり返っている男だ。

与党ヤクザは大会終了まで自粛兼縄張り内の監視をすることで、警察に協力している。

「こっちが拳銃を抜けずにいると見透かして、縄張りをパクろうって魂胆ですか」

「そういうことだ」

「公安《ハム》や組対《マルボウ》は、警備に回っているとはいえ、本部の二課だけでも動いていないんですか」

捜査二課は、詐欺、横領、脱税、選挙違反などの知能犯捜査部門だ。

「動いている。だが、人手が足りん。ここへきて、新手のシステム詐欺が急増している。所轄の詐欺担も本部の二課もそこらへんで手いっぱいだ」

システム詐欺とは、オレオレ詐欺に端を発する、電話を主体にした組織的《システム》詐欺だ。かけ子、出し子、受け子などのチームが編成され、かけ子と出し子には「役者」が揃《そろ》っている。

演目はその時々によって違う。

かつては「俺、事故を起こしてしまった」が主流だったが、その後は「還付金があります」「世論調査ですが、タンス預金はありますか」などに変化している。

さらにチラシも頻繁に撒《ま》かれる。

「不用品、買い取ります」「いらない靴はありませんか」で釣って、単身老人宅に上がり込み、財物を安く買いたたくやり方だ。

「目星はついているんですか？」

黒井は聞いた。自分たちは、日ごろは稼業にいそしみ、いざというときに裏からターゲットに手を伸ばす実行部隊だ。捜査部隊ではない。

「千駄ヶ谷のラブホテル地上げ事件を追っている捜査班の話だと、上野を拠点とした地面師グループが動いているらしい」

「なるほど上野繋《つな》がりですか……」

黒井は、リングを見つめたまま言った。第一ラウンドが終了している。

10－9で阿部が取った。予定外の奮闘だ。厭《いや》な気がした。

「そういうことだ。新宿のソープランド襲撃、実は物取りが目的ではなくて、火災で上物《うわもの》を消して更地にするのが目的だとしたら、地上げの可能性が出てくる」

ビルの所有者がイコール土地の所有者ではないことが、歌舞伎町では普通だ。土地所有者の住所がいまだに満州だったりする。

「クソな奴《やつ》らですね」

黒井は吐き捨てるように言った。

「そろそろ歌舞伎町利権を一本化しようという輩が出てきてもおかしくないだろう」

「そこまでわかっているのなら、二課の腕の見せどころじゃないですか」

第二ラウンドが始まった。

今度は萩原が、猛烈なラッシュをかけている。阿部をロープに追い込み、打ちまくっている。阿部は防戦一方だ。安心した。

「いいや。二課が逮捕しても、抜本的な解決にならない」

「俺らに、詐欺グループを潰してしまえと？」

黒井は思わず、ピーナッツを強く噛《か》んだ。

「そういうことだ。地面師詐欺は知っての通り、被害者と加害者の区別がつきにくい事案だ。十億をパクった犯人を見つけ出しても裁判では必ずしもクロと断定されない。たとえ有罪が確定しても、せいぜい四年から六年の懲役だ。騙《だま》されたほうにも過失がないとは言い切れないからだな。損害賠償は民事裁判に委ねられる。だが、被害は基本的に元の状態には戻らないことが多い」

殺人や覚醒剤密売に比べ、圧倒的に短い刑期だ。土地や不動産という個人や法人の生命線にかかわる財産を奪っておきながら、それはいかにも軽すぎないだろうか。

そして、すでに、人がひとり殺されそうになっている。バージンポリスの田中だ。神野が助け出さなければ、間違いなく死んでいた。

「新宿対上野の全面抗争になるかもしれないですが、いいですか？」

黒井は確認した。

「いや、表立っては困る。そうなる前に闇の中で解決してくれ。キミたちをこういう時のために闇社会に潜らせている」

桜田門の最高責任者が、ハッキリとそう言った。

「上郷組はこっちから探りますが、その地面師詐欺の連中の尻尾《しっぽ》はどこかにあるんですかね」

突破口がわかれば、闇のルートで手を伸ばせる。

「システム詐欺の一派が、どうも陽動作戦に出ているようなのだ」

総監がぶっきらぼうに言った。

「つまり、捜査二課の手間を増やして、地面師詐欺まで手を回らなくしていると」

歓声が上がった。阿部が苦し紛れに出したアッパーカットが萩原の顎にヒットしたようだ、萩原がマットに片膝を突いた。頭を振っている。

立て、萩原！

「そういうことだ。先月の千駄ヶ谷ラブホテル事案の直後から、わざと捕まろうとしているのではないかと思われるオレオレ詐欺が急増している。いかにもバレバレな電話をかけてくるので、狙われた被害者がどんどん通報してくる。おかげで捜査員はおおわらわだ。しかも捕まった連中はのらりくらりで、取り調べにやたら時間がかかる始末だ」

「あえて、囮《おとり》になっているわけですね」

おそらく、名簿以外の相手にランダムに電話をかけまくっているのだろう。

「そういうことだろう。だが、逮捕した以上、取り調べにも時間を割かないわけにもいかない」

システム詐欺の生命線は名簿だ。首謀者は本来、「調査屋」が綿密に調べ上げたマトのリストをもとに、電話をかけているのだ。最近ではオレではなく、本当に息子や娘の名前や、勤務地まで割り出して、狙いを絞っているケースまである。

神野の組の傘下にも、そうした詐欺で手に入れた金を上納してくる半グレ集団もある。闇捜査の手前、一応受け取るが、いつでも二課に協力できるように、常に監視している。

「その一派は？」

「これが、二課が調べ上げたオレオレ詐欺グループの捜査資料だ。そこから糸口を探ってくれ」

警視総監からスマホを一台渡された。その中にすべてはいっているということだ。

「了解しました」

スマホを、スーツのサイドポケットに仕舞った。

「ではこれで私は帰る。ちなみに関東舞闘会の運営するアンダーグラウンドウエッブの賭け口座に、私も三万円ほど張った。もちろん阿部選手の勝ちに張っているが……間違って、阿部選手が勝っても、配当金は要らんよ」

総監が立ち上がった。

リングでは同時に萩原も立ち上がってくれた。黒井としてはほっとした。第三ラウンドに入ると、萩原はもう遊んでいなかった。二分十五秒過ぎ、萩原の鮮やかな左ストレートが阿部の右顔面を捉えた。阿部が、顔を歪《ゆが》め、マットに崩れ落ちていく。カウントが始まった。

「8・9・10！」

レフリーが萩原の手を挙げた。ブック《脚本》なしで、上出来だった。

「湯島《ゆしま》の天獅子会《てんじしかい》の伊藤《いとう》さんはいくら張っていた？」

即座に神野に聞いた。

「へぇ、七回ＫＯで萩原の勝ちに五百万、張っています」

やはり台所事情が厳しいと見える。鉄板に近い勝負だ。一千万は張り込むのが普通だ。天獅子会もかつては名門の博徒と言われたが、最近では闇カジノでしのぐのが精一杯という噂《うわさ》は事実のようだ。

金融屋や風俗店、それに不動産屋まで、隣接する上郷組に持っていかれているのだろう。

悪党の世界は弱肉強食だ。表立って武力行使が出来なくなった暴力団は半グレに対して分が悪い。

ＫＯ回まで当てたジャストヒットではないので、この場合の配分は一・三倍。戻し額は六百五十万だ。

「百五十万ぽっちのあがりじゃ、若い者のソープ代にもならないだろう。ジャストヒットはいるのか？」

黒井は確認した。こちらも手持ちの予算に限度はある。ジャストヒットの親分が何人もいたらさすがに苦しい。

「いいえ、いません。どの組長さんも五回以降に張っています。なまじ阿部が前半で調子づいたので、萩原もカチンときたのでしょう。こっちとしても予想外の早い決着でした。皆さん同じでしょう」

「なるほど。だったら伊藤さんをジャストヒットということにして支払え」

「五倍ですか」

神野が目を丸くした。

「それも一千万張っていたことにしてやれ」

黒井は神野の眼を見据えていった。

「天獅子会の伊藤会長に五千万、渡すということですね」

「そういうことだ。代わりに上野の情報を貰《もら》いたいと伝えてくれ」

極道同士の仁義だ。規模を縮小したとはいえ、天獅子会は、昭和初期から湯島一帯に縄を張る博徒だ。その近所を荒らすことになるのだから、筋は通しておきたい。

「わかりました。ついでに、上野の観光ガイドも頼みますよ」

神野は一切合切を飲み込んだようだ。

2

一週間後。

店中に女たちの華やかな声が飛び交っていた。色とりどりのドレスを着たキャストの動き回る姿は、まるで熱帯魚だ。

「あれが、藤堂徹《とうどうとおる》のイロか」

神野は聞いた。

「はい、間違いないです。自分は、この一週間、ずっと藤堂を見張っていました。やつは、週のうち三日はあの女のマンションにしけこんでいます。場所は根津《ねづ》っす」

足立幸助《あだちこうすけ》が背中を丸めたまま言う。

視線の先に、マロンブラウンの髪の毛をハーフアップに結わいた妙に婀娜《あだ》っぽい女が、客のグラスに氷を入れていた。

いかにも極道が気に入りそうな、鉄火《てっか》な雰囲気を持った女だ。しかも肉感的だ。バストもヒップも巨大で、ウエストは見事にくびれていた。

「源氏名《げんじな》で季実子《きみこ》って言います。この店のナンバーワンですよ」

足立がスマホをタップしながら言う。メモのようだ。

「妙に古めかしい名にしたもんだな」

ふたりはまだ入店したばかりだった。したがって神野たちには、まだ女が付いていない。

「キラキラネーム系じゃ、逆に目立たないんです。夜中にうちにやって来る水商の女たちが言っています」

足立は、言問《こととい》通りにある零細出版社の編集者だ。三十二歳。神野より少し若い。『墨東《ぼくとう》出版』。

エロ本、暴露本、実用書など様々手掛けている。書店には並ばず、コンビニで売っている新書や文庫が多い。

天狮子会の伊藤会長が、自分のところの若い衆では、目立ちすぎるからと、神野の水先案内人として派遣してくれたのだ。

ボクシング賭博の純利益四千五百万は、十分すぎる通行手形になったことは間違いない。上郷組の動きを探る役目も引き受けてくれた。

ここは上野鈴本《すずもと》演芸場の裏手にあるキャバクラ『アッパーグラウンド』。文字通り上野だ。

客を百人は収容できる大箱だ。女もそれだけいるということだ。

午後九時。客は七分の入りだ。

神野はグレーのスーツにビジネスバッグをぶら提げて入店していた。さえないサラリーマンを装っている。

日頃オールバックの髪も真ん中分けにして、前髪を少し前に垂らしている。

関東舞闘会の若頭の気配は、完全に消している。

堅気《かたぎ》とそうではない男の見分けのつけ方のひとつは、鞄《かばん》を持って歩いているかどうかである。極道はもとより、夜の街で働く男の多くはビジネスバッグなど持って歩かない。

理由は不細工だからだ。せいぜい小脇にセカンドバッグを抱える程度である。

それと靴だ。ナリがすべての極道が履く靴は、常に光り輝いている。幹部クラスともなれば、くすんでいだり、ほこりが被ったままの靴で飲みに出ることなど、絶対にありえない。

そんな靴が玄関にあれば、情婦か当番の若衆が張り飛ばされるのが普通だ。

神野は、新宿駅の構内の出店で購入した安物ビジネスバッグをぶら提げてきた。

中にはきちんと書類を詰めている。偽の名刺もだ。

革靴は爪先がやや剝がれ、踵《かかと》がすり減ったものを履いている。おまけに伊達眼鏡《だてめがね》までかけていた。野暮ったい黒ぶち眼鏡だ。同業者からは、堅気にしか見えないだろう。

「お待せしました」

黒服がキャストふたりを連れてきた。

「初めましてコトミでーす」

「私はアキノでーす。真ん中に座っていいですか」

神野は差し出された名刺を見て、吹き出しそうになった。琴海《ことみ》と安芸野《あきの》だ。キラキラ系ではない。むしろ四股名《しこな》。両国《りょうごく》が近いからか？

「お客さんのお名前は？」

左隣に座ったコトミが聞いてきた。

「井出《いで》というんだ」

偽名を名乗る。

「お名刺いいですか？」

初回の客のチェックだろう。神野は名刺を差し出した。

「たいした仕事じゃないんだ」

【砂岩《すないわ》発送　営業部　井出政宗《まさむね》】

住所は新宿三丁目としてある。名刺には、神野の携帯とメアドをつけ足してある。もちろん、使い捨てスマホだ。砂岩発送は実際に存在する会社だ。もともとは雑誌社のアンケート調査や読者プレゼントの代行をしていた会社だが、社長の砂田岩男《すなだいわお》が闇カジノで、膨大な借金を作ったことから、神野の傘下となった。黒井の指示で表と裏を繫ぐためのこうしたリアルカンパニーを関東舞闘会は十社ほど抱えている。資金援助することで、実効支配しているのだ。

「名前、政宗さんですかぁ」

コトミが、潑溂《はつらつ》とした声を上げた。

「あぁ、仙台《せんだい》生まれなんだ。宮城県では、やたらと多い名前だ」

本当かどうかなんて知らないが、そういえばリアリティが増すというものだ。

足立はアキノに普通に自分の名刺を出していた。実際は素人《しろうと》の投稿写真をメインにしたエロ本の編集者なのだが、ここでは旅の本を編集していると出まかせを言っている。

そもそも普通の客でも、キャバクラでは、職業などは少しでもよく見せたがるものだ。

夜の町では、この虚々実々の駆け引きが、ひとつの楽しみと言える。とはいえ、神野は、任務を背負ってやってきている。本気で嘘《うそ》をまき散らさねばならない。

「砂岩発送って、運送屋さんですか？」

コトミが上手《うま》く聞いてきてくれた。自分から言うと、嘘臭いので助かった。

「ダイレクトメールの発送代行だよ。さまざまな企業さんから、宛名データと送るセットを預かって、封筒詰めして郵便局に持っていく。地味な仕事さ」

「大変そうですけど、手堅くもありますね」

コトミが膝の上に手を載せて言う。かなり股間に近い位置だ。そういう教育をされているのだろう。

「いや、いや、退屈な仕事だよ。給料も安いし。だから、俺たち、六十分で帰る」

神野は、笑顔で初回六十分・五千円と書かれたチラシを見せた。

「えぇえ〜、指名もしてくれないんですかぁ」

コトミが大げさに声を上げた。

「まいったなぁ。場内指名っていくらだよ？」

眉間に皺《しわ》を寄せて言う。

「三千円です」

「しょうがないなぁ。足立ちゃん、三千円ずつぐらいなら、しょうがないか」

神野はしみったれた客を装った。

「そうですね。これだけ、いいキャストが揃っているんですから、八千円まではしょうがないですかね。おまえら、税金、サービス料込みで、一万円ちょっと。でも俺、それでギリですから。おまえら、今日のところは水だけ飲んでいてくれ」

足立も適当に話を合わせた。

「はい、ドリンクはいいですよ。指名だけでもいただければ、私たちの顔も立ちます」

コトミが、胸を叩《たた》いた。

神野は、それから下ネタばかりを話した。それが普通の客の姿だからだ。

「コトミって、毎日、オナニーするでしょう。いや、やってないほうがおかしい！」

昼間の社会で言えばセクハラトーク。だが、夜の町ではあいさつ程度のトークだ。

「私は、週二ペース。案外それが普通じゃない？　毎日やっている子って、それはオナ中だよ。クリトリスがやたら大きいんじゃない？」

コトミも普通に返してくる。

あっという間に、六十分が過ぎた。今夜はここまでだ。立ち上がり際、足立が打合せ通りのセリフを吐く。

「井出さん。来週、またここ来ませんか？」

すっかりアキノが気に入った調子で言う。

「いやいや、来週は早すぎるって。俺の小遣いじゃ、キャバは月に一回だ」

神野も予定通りのセリフで答える。足立が返してきた。

「来週は、うちが経費で奢《おご》りますよ」

「珍しいな」

「社長が、井出さんの情報力を買っているんですよ」

「どんな？」

神野が惚《とぼ》けて見せる。

「北急《きたきゅう》ホームズの分譲案内のDM引き受けていますよね。次の販売区画はどこになるのかなって。うちの社長も，出版業だけではなく、いろいろ手広くやっていますから」

「足立ちゃん。シッ」

神野は口に人差し指を立ててみせた。胸底では「食らいつけっ」と願った。

3

きっかり一週間後。神野と足立は再び『アッパーグラウンド』に顔を出した。

コトミとアキノを呼んだ。ふたりは大喜びで席に着いた。この一週間で、砂岩発送について、調べた可能性もある。即席でHPを立ち上げてある。

「今夜は、墨東出版の経費だから、ふたりともドリンク頼んで、いいよ。ただし三杯までね」

足立が、念を押した。このぐらいのほうがリアリティがある。羽振りをよく見せるほうが危険なのだ。

ふたりは、一杯千円だというカクテルをオーダーする。足立が今夜は経費だと、さらに念を押して、焼酎のボトルを入れた。吉四六《きっちょむ》だ。

神野は今夜もエロトークを炸裂《さくれつ》させた。スケベな男は、演じなくても素のままで出来るので楽だ。

「コトミとアキノって、レズった経験ないの?」

コトミに振った。

「私、そっちはノンケだよ」

コトミが神野のグラスをかき混ぜながら言う。吉四六を水割りにして飲む。

「うそぉ。コトミ、女にアソコ舐《な》めさせるの、大好きじゃん」

アキノが横から口を出した。

「やめてよ。お客さんの前では言わないでよ！」

満更嘘でもないらしい。

「アキノは？」

足立が聞いた。こいつも素になっている。

「私は、舐めるほう」

ちょっとはにかんで言う。

「なら、ふたりで、レズっているってことじゃん。あぁ、俺想像しちまった。アキノがコトミのアソコを舐めているところを見てみたい」

足立が股間を抑えて、ふたりの身体を見比べている。

「違うわよ。私たちは、やっていないから。あぁ、気持ち悪い。誰がコトミのなんか舐めるもんですか。ぐちゃぐちゃまんでしょ」

「誰が、ぐちゃまんよ！」

コトミが、マドラーを持ったまま、腰を浮かせた。

これがふたりの客を悦《よろこ》ばせる芝居なら、かなり楽しい。

「まぁまぁ、ふたりともお客様の前で、なにを痴話喧嘩《ちわげんか》しているの？」

低いハスキーな声がした。

神野が見上げると、黒服を従えた季実子が立っている。

「季実子です。よろしいでしょうか」

指名もしていないのに、ナンバーワンがやって来た。

食らいついた。

神野は胸底でほくそえんだ。

「季実子姐《ねえ》さん。どうぞ、井出さんの隣に」

コトミが席をひとつ空ける。

「あら、いいのよ。コトミちゃんのお客様でしょう。私はヘルプ」

「そんな、姐さんが丸椅子だなんて」

コトミが腰を浮かせかけたが、季実子はそれを制して、神野の正面の背もたれのない丸いスツールに腰を降ろした。胸元が大きく開いたピンクのロングドレスを着ている。

「焼酎の水割り、私もいただいていいですか?」

「いえいえ、姐さん、オーダーしましょうよ」

アキノが足立の太腿《ふともも》をつねりながら言う。気が付かない男だわね、と言わんばかりだ。

それだけ、ふたりにとって、この季実子は気を遣う存在だということだ。

「アキノちゃん、私、吉四六で平気よ」

季実子がボトルを取り、自分で水割りを作り出す。アキノが慌てて、そのグラスをマドラーでかき混ぜる。

気圧《けお》されたのか、足立が、黒服に手を挙げ、「場内指名」と声を張り上げた。

季実子にはそう言わせてしまう貫禄《かんろく》がある。やはり極道の女だ。

「あら、そんな無理をしないで。私、本当にヘルプで大丈夫ですから」

「いやいや、とりあえずのご挨拶に。先週、初回で来た時も、このふたりにも場内をかけましたから」

新宿も上野も指名システムは同じだ。本指名と場内指名がある。入店と同時に、入口で伝えるのが本指名。そのキャストを目当てで来たのだという意思表明になる。

場内指名は、ヘルプで付いたキャストを気に入った場合に声を掛ける。通路ですれ違った女に一目ぼれした場合でもありだ。だがこれを繰り返すと、店からも女からも嫌われる。

さっと黒服が来て、伝票に書き入れた。同時にコトミが、呼ばれる。

「ちょっとだけ、他のお客様のお見送りをしてきますね」

空いた席に、季実子が座った。

「ご指名ありがとうございます。では、乾杯」

季実子は、如才なく神野と足立に等分の笑みを浮かべ、グラスを掲げた。乾杯する。

神野は普通にエロ話をふってみた。

「季実子ちゃんは、フェラチオ好きそうだなぁ」

エロおやじ丸出しにした。

「もちろん、嫌いな女は少ないでしょう」

「マンを舐められるのは？」

下品な笑い声をあげながら聞く。

「言われただけで、濡《ぬ》れちゃう」

「あー、舐めたい。乳首、大きそうですよね」

無遠慮に聞く。

「私、まじ、大きいんですよ。巨峰って言われるの。ちょっと恥ずかしくて」

とことん客のトークについていくる。さすが、だ。神野は、実際見たくなった。

「井出さんは、ダイレクトメールの発送代行しているんですって」

季実子が聞いてもいないのに、アキノが口走った。

「あら、いま凄《すご》く儲かるビジネスじゃないですか」

「いやいまは若干景気がいいから、企業も人出不足なんだよ。景気が悪くなったら、企業はそんなこと自分たちでやりますよ。それまでが勝負。何せ単純な仕事だから」

「そうかしら」

と季実子が言いかけたとき、黒服が季実子を呼びに来た。

「ええ、私、もう移動？　今ついたばかりよ」

季実子は長身の黒服を一瞥《いちべつ》する。黒服は片膝を突いて、神野と足立に頭を下げている。

「ごめんなさいっ。ねっ、今夜、私まだ誰とも約束していないの。コトミもアキノも一緒にアフターしない？　面白い店があるのよ」

「わーい。季実子姐さんと、夜遊びしたーい」

アキノが両手を叩きながら、歓声を上げた。

何とうまい誘いかたなのだろう。

神野は足立に目配《めくば》せした。足立が大げさに膝を叩く。

「よぉーし。今夜は、盛大に行きましょう」

「じゃ、決まりね。段取りはコトミから聞いて」

季実子が、神野の太腿を撫《な》でて立ち上がった。その背中に聞こえるように、神野はあえて声を張った。

「足立ちゃん、悪いねぇ。そこまで接待されちゃったら、リスト渡すしかないね」

季実子の両肩が、ピクリと震えた。

4

午前一時を過ぎた頃、上野駅浅草口付近のカラオケボックスで暇をつぶしていた神野にコトミからメールが入った。

店の前に出ると、キャバ嬢三人が迎えに来てくれた。全員私服に着替えていた。三人ともにマイクロミニにピチピチのTシャツだ。その上から薄手のジャケットを羽織っている。店にいるときよりもはるかにエロい。

「お待たせしました。私たちがよく行く店は歩いて行けるところよ」

季実子が入谷《いりや》方面を指さした。

「おいおい、こっち系の店かよ」

神野は頬の横に手のひらを翳《かざ》してみせた。

「あら、上野だからって、それ系ばかりじゃないのよ。いろいろあるのよ」

季実子が、先頭に立って歩く。巨大なバストもヒップも揺れている。

武闘派で鳴らす上郷組組長、藤堂と季実子のセックスは、さぞかしダイナミックであろう。セックスと言うよりもプロレスに近いのではないか。

暗闇に横たわる巨人のような上野駅を左手に眺めながら人気《ひとけ》の亡くなった歩道を進んだ。

夜更けに見る上野駅は、新宿駅や横浜駅に比べて陰性な印象だった。あくまでも神野の印象だ。

「あのビルよ」

路地に入ったところで、季実子が指さして言う。この界隈《かいわい》にしては、真新しい飲食店ビルだった。

バー『お真ん中』は、一階のエレベーターホールの奥にあった。

「いらっしゃーい。季実子お姐さまぁ」

マッチョな男が、カウンターの奥から手を振っている。マッチョはマッチョだが、五十絡みのおっさんだ。上半身はタンクトップだ。ＢＧＭはクイーンの『ボヘミアン・ラプソディ』。

カウンターには、四十代の男がふたり座っている。どちらも見た目は普通のサラリーマンだ。

「やっぱ、そっち系じゃないかよ」

「だから、それ系ばかりじゃないって。ほら」

季実子が奥のボックス席を指さした。女ばかりが五人、固まって座っている。三十代のＯＬ風がふたり。どちらも黒のサマーセーターを着ている。眼鏡をかけた地味目の女子大生風がひとり。それに四十代と五十代の熟女がふたりだった。

どういうわけか、全員、膝掛けを使っている。その下の手の動きがおかしい。腕と腕が交差しているのだ。

「男同士は、握って握られて。女同士は、挿して挿されてよ」

「どこをだよ？」

神野は口を開けたまま聞いた。

「だから、この店の店名……」

「そうか」

神野は生唾を飲んだ。男同士はまっぴらごめんだが、女同士は見てみたい。ストレートに男の好奇心だ。

「フーちゃん、このお客さんたちはノンケだから、色目を使っても無駄よ」

季実子がカウンターの中の男に、釘《くぎ》を刺してくれた。男客は、カウンターに二人しかいなかった。

「なーんだ。だったら、自分たちで勝手にやってね。そんな客に構いたくないから」

フーちゃんというらしいマスターが、ぶっきらぼうに言い放った。

「はーい。勝手にやりまーす」

コトミとアキノが、カウンターの中に入って、ボトルを取り、アイスペールに氷を入れ始めた。すべてセルフで賄うようだ。

季実子に促されて、神野と足立は、女五人の客が真正面に見える席に腰を下ろした。

「こういう店が好きなのか？」

神野は季実子に聞いた。

「私らキャバ嬢としては、むしろ安心して飲めるのよ。手を出してくる男はいないし、連れてきたお客さんには目の保養になる。女同士のいやらしいところを見られるでしょう」

要するにゲイとレズが双方集う店ということらしい。

「妙な気分だ」

「私たちは普通にやりましょう」

あらためて乾杯となった。自分の店にいる時とは異なり、三人のキャバ嬢たちは、急ピッチで飲み始めた。

国産高級ウイスキーだ。ここでも、神野と足立は、普通にエロトークに精を出した。

「季実子、太いのと長いのとどっちが好きなんだよ」

「太くて長いのが、いいに決まっているじゃん。ずんぐりむっくりサイズ」

季実子が指でサイズを作って見せる。ジャンボ魚肉ソーセージぐらいだ。エアーで手扱《てこ》きして見せる。エロい。

「それぐらいじゃないと、おまえ、フィットしないのかよ」

切り返してやる。

「なによ、まるで私が、がばがばみたいじゃない。私、すんごっく締まるんだから。お尻の穴を窄《すぼ》めると、前もばっちり締まって、男はあっという間にシュッと出しちゃうんだから」

眼を吊《つ》り上げて、わざわざ、中腰になって、窄める仕草を見せる。

面白い。なるほどナンバーワンだ。美貌以上にトークが上手いのだ。

これほどの美人が、ここまで下ネタに乗ってくると、男は勘違いしだす。

神野と季実子が、エロトークに華を咲かせているうちに、足立とアキノがまったりしだした。ふたりとも酔いが回り出したようだ。足立の手がアキノの太腿をまさぐり始めている。

眼前にいる女たちの一組が、突如唇を吸い合った。ＯＬ風のふたりだ。生々しい光景だった。生レズだ。双方がセーターを捲《めく》り合い、バストをまさぐり始めている。

他の三人は、そのカップルを眺めながら、それぞれ、示し合わせたように、ひざ掛けを払いのけた。全員揃ってパンティを足首から抜いていく。その瞬間、神野の位置からも、女たちの秘裂が見えた。

　ぬるぬると光っている。

　パンティを脱ぎ終えた女たちは、股間に指を這《は》わせだす。熟女も女子大生風も一斉に、ぴちゃぴちゃと卑猥《ひわい》な音を立て始める。

　コトミが、カラオケ用のマイクを持ってフロアの端に進んだ。

　ゲイの男と並んで、ピンク・レディーメドレーをデュエットしている。ふたりとも踊りを完璧にコピー出来ていた。

「もっと飲んでよ。このボトル、私の他のお客さんが入れてくれたものだから、気にしなくて平気。他にもヘネシーやバランタインの二十一年とかいろいろあるの」

　季実子が、グラスにウイスキーを注《つ》ぎ足してきた。ウーロン茶のような色だ。

　深夜二時半を回っている。そろそろ酔ったふりをするか。

「よし、飲もう」

　神野はグッとグラスを飲み干した。ウイスキーなら、ボトル二本はあける自信がある。爆飲は極道としての修業のひとつだ。鍛えてある。

　苦手と言えば、むしろカクテルだ。混ぜものの甘い酒は口に合わない。

「うえ～。さすがに酔っぱらっちまうよ。さぁ。あんたも一気にいけよ」

神野も季実子のグラスに、注ぐ。酔ったふりをして、手元を震わせる。

「負けるもんか。これでも水商よ」

勝気そうな双眸《そうぼう》を見開いて、ぐっと飲んだ。強い。これも極道が気に入る要因だ。

チキンレースを続けて、季実子を潰しても意味はない。

神野は先に潰れるふりをすることにした。そのまま、二杯続けて、ロックグラスを空けた。

「ふぅう。効いてきた。冷たいおしぼりを頼むよ」

全然平気であったが、ソファの背にぐったりと両肩を埋《うず》めた。

「わかったわ。ちょっと待って」

季実子が立ったので、足立に目配せをする。足立も酔ったふりをして、アキノのスカートの中に手を入れる。

アキノは抵抗しなかった。

それどころか股を開いて、足立が触りやすいようにしてやっている。やはり、女三人は組んでいるということだ。足立もこの際、本気で楽しもうと、アキノの股布をずらして指を潜り込ませている。せいぜい余得《よとく》を楽しむといい。

「はい、おしぼり。額に載せていい？」

「あぁ、助かる」

コトミはカラオケを歌ったままだ。今度はモーニング娘。メドレーになっている。

店内がハイテンションなムードに包まれた。

「ねぇ、DM発送代行って、クライアントから名簿データを預かるんでしょう？」

耳もとで、そう囁《ささや》かれた。さりげなく股間の上を触られていた。棹《さお》がむくむくと起きあがってくる。寝たふりをしていても、ここだけは起きあがる。

「んんん。そうだよ……千名単位で預かる」

眠そうな声で答えた。

「最近は、どんなクライアントなのかしら？」

神野の意識が混濁していると思っているのか、季実子は堂々と聞いてきた。

「北急ホームズ。マンション販売だよ。ネットで資料請求した人たちのデータとパンフレットが回ってくる。要するに購入する気のある人たちだよな」

酔ったふりをして、より詳細な情報を与える。股間を這う指に圧力が加わった。亀頭をズボンの上から押してくる。気持ちがいい。

神野は、ぐでんぐでんを装い、季実子のスカートの中に手を突っ込んだ。エロい気分になっていることを示す。

「ねぇ、井出さん。お小遣い稼ぎしない？」

むっちりとした太腿が開いた。人差し指の腹で、股布を擦ると湿った感触があった。生温かい。

「小遣い稼ぎ？」

神野が目を細めたまま聞き返すと、季実子は、歌っているコトミを振り返った。コトミがカラオケのリモコン装置に近づきボリュームを一気にあげた。店内に爆音が響き渡る。

『ＬＯＶＥマシーン』のサビの部分だった。

それが合図なのか、マスターが照明を落とした。店内が一気に薄暗がりになる。

季実子が微苦笑し、神野のズボンのファスナーを下げてきた。

「んんっ」

フル勃起している肉茎をいとも簡単に取り出され、軽く握られた。手のひらの冷たさが気持ちいい。

カウンターに座っている男が、ふとこちらを見た気がした。ここに来る男の性癖を知っているだけに、背筋にいやな汗が走る。

おまえは見るな。胸底でそう叫ぶ。

神野の気持ちを察したのか、コトミが歌いながら、男の視線の遮る位置にしゃしゃり出てくれた。

気持ちが季実子に集中できる。

「ねぇ、私と組もうよ」

季実子が神野の耳朶《じだ》を舐めながら言い寄ってきた。

「組む？」

薄目を開けて聞く。

「最初はそれほど大きくないけど、確実に稼げるわよ」

「なにをしろっていうんだよ」

神野は、小心者を装い、怯《おび》えた口調で聞く。

「あなたの会社で扱っている発送先のデータをコピーできない？　高額所得者リストなら、一件百円で買うわ。千件で十万円よ。逆に大学生とかのでもいいの。ただし、そっちは一件五十円。悪くないでしょう。ダメなのは、企業から直じゃなくて、名簿屋から回ってきたリスト。大概が使えないのよ」

ついに本性を現した。

言うなり、季実子は神野の逸物《いちもつ》をパクリとくわえ込んだ。

「うっ」

丸めた指で、根元をしっかり支え、亀頭の裏側をべろり、べろりと舐めあげてくる。蕩《とろ》けるような快感に包まれた。

「あんた、キャバ嬢よ。でもこの仕事、いつまでも続けられるものじゃないわ。他にもいろんな仕事をしているのよ」

「キャバ嬢じゃないのか？」

「例えば？」

「人材派遣やNPO法人の講師とか」

極道の進出著しい分野だ。

「実業家なんだな」

「それほどの物じゃないけれど、ねぇ、業務提携しない？」

肉茎の根元を抑えていた指が上下しだした。徐々に亀頭の中に淫欲汁が溜《た》まり出す。

「名簿データを渡すだけでいいのか？」

「それだけでいいわ。それにすぐには使わないから、迷惑は掛からないわ。ねぇ、井出さん、半年でどのぐらいの名簿を扱うの」

季実子は、手筒を上下させせながら、どんどん質問してきた。神野の淫気も、頂点に近づきつつある。

単純に出したくなった。

だが、それを言えば焦《じ》らされるだろう。だまし討ちにしてやりたい。猫を被っていても、極道は極道だ。

「あっ、いやんっ。足立さん、大きい」

その声に、ふと横を見ると、アキノが足立の膝の上に跨《また》がっていた。対面座位。足立の褐色の肉柱がアキノの尻の底に、ずっぽり埋まり、出没運動を繰り返している。

「さまざまな企業から代行を頼まれているんだ。半年に五万人は軽く超えるだろう」

「ということは、井出さん、あなた半年で五百万、一年で一千万円の別途収入になるということよ。それも非課税」

季実子が、舌と手筒を交互に動かした。

「わかったよ。どのみち、安い給料で働いていたんだ。馘首《くび》になるのを覚悟で、持ち出すよ。ただし、送信は出来ない。バレるからな。移し替えられるＵＳＢメモリーも自社の物と決まっている。コンビニで買ったようなスティックを差し込んだら、すぐにロックされる。時間が欲しい」

「最初の三千名分だけでも来週中に欲しいわ」

「何とかするさ。うっ」

とそこでしぶいた。

「うえっ」

季実子は予想していなかったようで、喉を詰まらせた。ざまあみやがれ。

「出すときは、ちゃんと言ってよ」

美貌を歪ませ、噎《む》せている。知ったことではない。神野はすっきりした。これで淫気を取り払えた。

なら、ここからは、攻めに転じてやる。

「どうせ組むなら、もっといい方法がある」

神野は、季実子のスカートを捲り上げながら言った。

「どういうこと？」

パンティの股布が捩《よじ》れていて、やけに卑猥に見えた。

「挿入しながら教える。ソファの背に両手をついて、尻をこっちに向けてくれないか」

「えっ、あなた、いま出したばかりじゃない？」

やはり口だけで出させて済まそうという魂胆だったらしい。そうはいかない。ここからが、スケコマシを生業《なりわい》にする極道の腕の見せ所だ。まずこの女から、引き剝がしにかかる。

「こんな美人とやれる機会はめったにない。一発目は暴発させてすまなかった」

ズボンの間から、肉の尖《とが》りを見せたまま言った。背広を脱ぐわけにはいかない。全身に色鮮やかな刺青《いれずみ》が入っている。そんなサラリーマンはいない。

「ううん。ただびっくりしただけ。もっといい方法ってなによ？」

「まぁまぁ、挿《い》れながら話す」

季実子の左右の腰骨に手を添えパンティを引き下ろした。女の茂みはなかった。剃毛《ていもう》しているようだ。

ソファの上で後ろ向きに膝を突かせ、そのまま背中を押してやると、ごく自然に尻が持ち上がった。ぐちゃぐちゃになっている秘裂が、眼下に広がる。

「あんっ」

亀頭を押し当てる。

「あっ、入ってくる」

まず亀頭冠《きとうかん》を押し込んだ。むりむりと淫路を押し広げていく。

「んんん」

肉胴の半ばで、軽く出没運動をしてやる。くしゅくしゅと、早いピッチだ。

「あぁああ」

季実子が、括約筋《かつやくきん》をぎゅっと締めたところで、一気に、根元まで沈めてやった。

「あぁぁぁぁああああっ」

季実子の背中が反り返った。上半身にピッチリと張り付いたTシャツの上から、バストを揉《も》みながら、ゆっくりと腰を使った。

「ううううう」

「俺、こんな美人とやれる機会なんて、めったにないから、興奮しちゃうよ」

初心《うぶ》を装って腰を振る。浅瀬で小刻みなストロークを続け、膣《ちつ》層の奥が窄まり出したところで、ドスンと亀頭が子宮を叩くまで、押し込む。これを執拗《しつよう》に繰り返した。シリンダーの原理で、棹を最奥まで差し込むたびに、白く粘り強い蜜が、びゅっと、肉の縁から溢れ出してくる。

「あっ、あっ、私も、なんか来だした。あはっ、ふひゃ」

突然、季実子が自らも尻を送り返してきた。膣壁を棹に張りつかせ、屈伸運動をするように動かしてくる。摩擦が倍になった。

「い、昇《い》く、昇く、昇くっ」

その声を聞いた瞬間、神野は太棹を引いた、全部ではない、膣の入口まで亀頭を引きあげ、そこで止める。

「いや、いや、いや、擦ってよ」

浅瀬では、いくら自分で動かしても、どうしても物足りないはずだ。

「俺が思うに、発送代行の会社をあんたが作ればいいのさ。俺が企業を紹介する」

言いながら、思い切り腰を打った。

「あぁあああああ、いくぅうううう」

そこから神野は、驚異的な速度でストロークを繰り出した。文字通り、季実子の腰が抜けるほど、摩擦してやる。

コトミが、歌いながら、カウンター前の椅子の角に股間を押しつけ、かくかくと腰を振っていた。角マンだ。

こいつまで手が回らないのは残念だ。

第三章 スピーカートーク

1

「なるほど。そういう手があったか。レンタルビデオ店にわざわざ、バイトを潜らせて、個人情報を抜き取るなんてことをしなくて済むわけだ。なら、おまえ、さっそく適当な人間をキャスティングして、会社を作っちまえ。それなら事務所がひとつあればいいだけだろう」

上郷組八代目組長、藤堂徹は葉巻を吹かしながら、ソファに腰を降ろした。

真っ裸だ。全身に彫ってある刺青《いれずみ》が窓ガラスに映る。

絵柄は天空に浮かぶ仁王像だ。

地上四十階建てのマンションの最上階。自身も天空に浮いているような気分だ。

「ネットに会社案内を出して、発送代行を募集するだけでも、住所氏名は手に入れられるわ。それ自体がいいステージになると思うの」

松川《まつかわ》季実子が、ベッド上で、ふたりの女に身体を舐《な》めさせている。レズショーだ。ひとりが季実子の股間に顔を埋《うず》め、顎を上下させている。もうひとりは、季実子の乳首に舌を這《は》わせていた。

ふたりともオナニーをしながら季実子を攻めている図がいい。

八月で五十一歳を迎えていた。最近は、こんなエロショーでも見ないと勃起しなくなった。

「来週にでも立ち上げろ」

「はいっ、わかりました」

季実子が頷《うなず》いて、また女ふたりに身を預けた。あそこと乳首を同時に舐められて喘《あえ》いでいる。

この女はもともと、結婚詐欺師《アカサギ》だった。こっちが嵌《は》めようと狙っていた八十歳のじじいを先にたぶらかして預貯金をすべて掠《かす》めたあげく、寝ていた土地を叩《たた》き売ろうと、組める不動産屋を探していたところ、上郷組の触角企業『隆盛商事』に引っかかったのだ。

五年前のことだ。

隆盛商事は藤堂が、地面師詐欺や手形パクリに使っている会社だ。犯罪歴のない非公然構成員に経営させている。

季実子は、まさにそこに餌を持ち込んできたのだ。当然のことだが逆に脅しをかけて、まるごと自分の物にした。

本来なら、季実子のことは、ソープに落として金蔓《かねづる》にするところだったが、この女は身体《からだ》より稼げる脳みそを持っていた。

人たらしの話術と、なりすましに長《た》けていたのだ。

八十歳の資産家爺《じい》さんをたぶらかした時にも、季実子は東北から出てきて、工場の清掃係をしているという薄幸な女を演じていたものだ。

そんなのは、真っ赤な嘘《うそ》だった。

季実子は生まれも育ちも向島《むこうじま》。芸者置屋のひとり娘として、何不自由なく育っている。女子大生時代から、パーティコンパニオンをはじめ、金と力のありそうな男を見つけては愛人になるという生活を繰り返していたのだ。

あげくに、愛人生活で培ったノウハウをもとに、アカサギの道へと走ったわけだ。

この才能は、使えると思った。

五年で、別の仕事を覚え込ませた。詐欺をするのにもっとも重要な要素になる「役者」を集め、教育する仕事だ。

季実子自身にも役者の才能があった。

日頃は、キャバ嬢を演じさせ、餌になる男や、使えそうな役者を探させている。おかげで、またもや情報を拾ってきた。

「あんた、私、もう疼《うず》いてしょうがないわ」

季実子が、切羽詰まった声を上げた。顔が切なげに歪《ゆが》んでいる。今夜は妙に色っぽい。

「うるせぇ。まだ仕事が残っている」

藤堂は、怒鳴った。

極道として、いまが正念場だった。

極道界も、ありとあらゆることが、既成の枠では考えられなくなっているのだ。いまに戦後の混乱期に似た状況がやって来る。

秩序の崩壊期だ。

仁義や暴対法に縛られていては、そもそも極道ではない。力による現状変更の時代が迫っているのだ。

この流れの尖端《せんたん》に躍り出れば、東京を手に入れられる。

藤堂は、季実子が女ふたりに溶かされていくのを眺めながら、スマホを取った。

その混乱をより早く起こすために仕事を急がねばならない。

若頭の桐林聡志《さとし》を呼び出す。桐林はすぐに出た。

「準備はどうだ？」

「いつでもやります」

桐林が唸《うな》るように言った。熱がこもっている。それもそのはずだ。次に失敗したら、陰茎が飛ぶことになる。いまどきは指ではない、陰茎だ。

「てめぇが、こんどこそ命を惜しんでんじゃねぇぞ。自分もろとも吹っ飛ぶ気で、きっちりオトシマエつけろよ」

新宿のソープビルを一棟ぶっ飛ばすということで、ある筋から火つけを請け負っていた。それが、小火《ぼや》で終わったために、大恥をかいた。

こうなってはゴジラロードの焼肉店ビルを真っ赤に燃やして、けじめをつけないと、極道の沽券《こけん》にかかわる。

「来週は抜かりなく」

桐林が腹を括《くく》ったような野太い声を上げた。すでに、切り込み隊長の立花寛治《たちばなかんじ》が半殺しの目に遭っている。手首と頬骨を折られているので、再起まで最低二か月はかかる。

「だが、関東舞闘会を侮るなよ。特に神野組の素早さは今回の一件で、十分わかった。おめぇ、新宿を自分のシマにする気で当たれ」

活を入れた。

神野組は、あの火災を警察沙汰にもしないで、きっちり五日で、内装を仕上げやがった。あげくに、潜入させていた女とホストが捕獲され、サツに売られてしまったのだ。

「おやっさん。関東舞闘会といえども、所詮は、協定だの、共存共栄だのと言ってる与党ヤクザでしょう。もうそんな時代じゃねえっすよ。ヤクザはヤクザでしょう。力で捥《も》ぎ取らねぇことには始まらねぇ。俺もこんなことで、棹を飛ばしたくねえですから」

桐林も力んでいた。

「おぉ、歌舞伎町を丸ごと火の海にしてしまわないことには、もう引っ込みがつかねぇんだ。大勝負だ」

言い終えるとスマホを床に叩きつけた。

史上最大の地上げが始まろうとしていた。上郷組はその先兵を担っている。

そう思うと、勃起した。

ふとベッドに目をやると、季実子の股の真ん中を舐めている女の尻がこちらを向いていた。股間のカーブの底から薄紫色の花が零《こぼ》れている。べっとり濡《ぬ》れていた。

藤堂は、そのまま前進した。

壁に背をつけた季実子が、蕩《とろ》けた視線を向けてくる。その手前にかがみ込み、奉仕している女の尻を抱いた。

「ちょっと、あんたぁ。挿《い》れる相手が違うでしょっ」

季実子の眦《まなじり》が吊《つ》り上がった。

「うるせぇ。俺が、どの穴にいれようが、勝手だろうが！」

藤堂は、鬼の形相で、手前の女の秘裂に剛直を突っ込んだ。

「ひっ。あっ、姐《ねえ》さん」

女がくぐもった声を発した。ずいずいと挿し込んでいく。

「あぁあああああ、いいんですか、私でいいんですかっ、うはっ」

女は混乱しながらも、喘ぎ声をあげた。

これはいい。久しぶりにいい。

「おい、そっちの女っ。立って、俺の乳首を舐めろ」

季実子の乳首をしゃぶっていた女に命じた。

「は、はいっ」

女が季実子の顔色を窺《うかが》う。

「パ、組長《パパ》が言っているのよ、アキノ、すぐになさい」

季実子が屈服したように言う。

「おうっ。季実子、てめぇもそこで、ぼんやり眺めているんじゃねぇ。床に跪《ひざまず》いて、俺の玉とケツを舐めろや」

藤堂はさらに声を荒げた。

「はいっ」

季実子がベッドから飛び降り、藤堂の真後ろに正座した。すぐに尻の穴にぬるりと舌が舞う。

「おぉおお」

勃起が一段と増した。

三人の女に奉仕され、藤堂はしばし快感に酔った。闘志が湧いてくる。コトミという女の腰骨に両手を突き、フルスロットルで腰を振った。

「あぁあああっ、季実子姐さん、私、おかしくなっちゃう。ぁああっ、昇《い》くっ」

コトミが激しく身体を震わせた。亀頭が一気に重たくなった。それから十秒ほどでしぶいた。

「おぉっ」

久々に大きな快感に包まれる。コトミの膣壺《ちつつぼ》に、男のヨーグルトを盛大に流し込んだ。

淫爆と同時に歌舞伎町が燃え盛る光景が目に浮かんだ。

東京の城東地区と城西地区の拠点である上野と歌舞伎町を押さえれば、あとはオセロゲームのように、すべて上郷組の陣地になる。

俺が天下を取る。

「あんた、私の孔《あな》には……」

季実子がM字開脚して、自らの指で花を拡《ひろ》げていた。一回出してしまったら、もうその気になれん。

「自分の指でも入れていろよ」

藤堂は吐き捨てるように言うと、ソファに戻り、再びスマホを取った。

相手の番号をタップする。相手はツーコールで出た。

「ご連絡が遅れ申し訳ありません」

まずは詫《わ》びを入れる。

咳払《せきばら》いが聞こえた。話してもいいというサインだ。

「一発目の仕事を半端な形にして申し訳ありません。燃えてしまえば、解体作業員にうちの者《もん》を紛れ込ませて、うまく占有を張るつもりだったのですがね。小火で終わっちまいました。挙句に、経営者も生き残り、すぐに営業を再開されてしまった、まったく面目ねぇ」

相手は押し黙っている。

「けど社長、大丈夫ですよ。あの辺りにはややこしい土地がいくらでもある。予定通り、年内にはとりあえずワンブロック手に入れますよ」

あたりまえだ、と怒鳴り声がした。

焦っている。派閥抗争が激化しているということだ。こっちとしては、何とか、この社長を勝たせ、あの巨大企業に食い込みたい。

まずは、関東舞闘会の肝を冷やしてやる。

「とりあえず、五百人分の名簿だ。北急ホームズが広尾《ひろお》に建築するタワーマンションの第一次販売のために、先行して情報を送る相手だそうだ。間違いなく富裕層だろう」

神野は、季実子にUSBメモリースティックを手渡した。

上野動物園。白クマは寝ていた。平日の夕方とあって観客も少ない。白クマもやる気なさそうだ。

「ありがたいわ」

季実子が茶封筒を差し出してきた。覗《のぞ》くと五万円入っている。

「確かにいい小遣い稼ぎだ」

神野は胸の内ポケットにしまった。データの中身は実在の個人投資家リストだ。だが、それはオレオレ詐欺に騙《だま》されるような柔な人間たちではない。対決を見るのがむしろ楽しみだ。

「ねぇ、それより北急ホームズって、今後はどこにマンションを建設するのかしらね？」

花柄のワンピースにレモンイエローのサマーカーディガンを羽織った季実子が聞いてきた。

傾きかけてきた夕陽《ゆうひ》が、季実子の顔の半分を紅《あか》く染めている。夜に見たときよりも、三歳ぐらい上に見えた。

「そんなことまでは、うちの会社にはわからないよ」

神野は肩を窄《すぼ》めて見せた。紺色のジャケットに白のポロシャツ。それに灰色のズボンというアイビー風にしてきた。着心地《きごこち》は悪いが、ヤクザの匂いはかなり消えている。

「私、発送代行の会社を始めることにしたわ。知り合いが持っていた休眠会社を活用する。新規に設立すると登記の時間がかかるから、これでいいわ」

「社名は？」

出口に向かって歩きながら聞いた。

「『ストライク』。昔はスポーツ用品を扱っていたのよ。早い話がバッタ屋だった会社」

バッタ屋とは、正規の流通経路を経ないで、倒産会社の倉庫などから、放出された商品を扱う商人たちの総称だ。いわゆる投げ売り屋だが、昔から上野にはその手の洋品店が多い。

「まぁ、ストライクなら発送代行会社に聞こえないこともないだろう」

なかなかうまい社名の会社を拾ってきたものだ。

「それで、私がこの会社の営業担当者として、北急ホームズさんの担当者に会えないかしら」

季実子が神野の腰に腕を絡めてくる。甘酸っぱい香水の匂いがした。

いよいよ食らいついてきたということだ。

「わかった。早急に段取りをするよ。会社概要や、名刺はどのぐらいで用意できる？」

「明日にでも」

季実子が歌うように言った。

「そしたら、今からでも電話を入れるよ」

スマホを取り出し、液晶画面をあえて季実子に見えるようにアドレス帳をタップする。一流会社の社名が並んでいた。もちろんダミーだが、季実子の目は輝いているはずだ。

『北急ホームズ赤木祐介《あかぎゆうすけ》』と記された電話番号をタップしながら、出口を通り抜けた。上野駅の方向へと進む。

「どうも、砂岩発送の井出です。赤木さん、いまいいですかね」

「あぁ、いいよ」

と元気な声が上がる。赤木祐介は本名だ。

「北急さんに紹介したい同業者がありましてね」

ここからわざとスピーカーホンにする。

「同業者を紹介してどうするんだよ。砂岩発送は潰れんのか？」

赤木が、横柄な口調で言う。打合せ通りだ。表の顔は、警備会社の経営者。裏は関東舞闘会の非公然構成員である。

神野とは五分の兄弟だ。同じ年だ。赤木は、表舞台のため墨は入れていない。

「いやいや、発送代行業も人出不足でして、これまで競合していた相手とも、今後は手を組んでやっていかないと共倒れになってしまう時代です」

「うちは、他にも業者をいくらでも抱えているから、別にそんなのいいよ」

赤木はつっけんどんに返してくる。季実子が聞いていることを充分、意識した言い方だ。

「赤木さん、頼みますよ。うちといずれは合併するかも知れない会社なんです。担当者と会うぐらい、顔を立ててくださいよ」

「わかった。会うだけなら、いいよ。明後日の午後五時。うちに来てくれる？　その代わり、終わったらそのまま歌舞伎町、よろしく！」

「もちろんですよ。いつものコース。ご接待しますよ」

「ただし、うちは下請け業者にも審査があるからね。俺の一存で通るというわけではないよ」

「それは承知しています。まずはきっかけを」

「わかった。井出ちゃんの顔は立てるよ。悪い、これから新規開発会議だ。切るよ」

そこで、赤木は電話を切った。これから新規開発会議だという最後のワンフレーズが、季実子の耳に届いていればいい。

神野は、スマホをポケットにしまい、わざとため息をついた。

「営業は、そうそう一発では決まらない。だが、赤木さんは会ってくれると言ったんだ。突破口は開けたと思う」

なだらかな下り坂になった。

「そうね。私も気合を入れるわ」

季実子が決然と言った。頭の中は、もはや顧客データではないはずだ。北急ホームズが開発しようとしている土地の情報を得るための算段で、頭の中はパンパンに膨らんでいるはずだ。

早く尻尾《しっぽ》をだせ。

神野は、そう思いながら季実子の尻を撫《な》でた。

「私、お店、遅刻してもいいけど……」

色を売ってくる。

「いや、ストライクに発注が決まったときの楽しみに取っておきたい。それより、明後日の歌舞伎町での経費は、そっちで持ってくれるか？　さっきの小遣いじゃ足りないぜ」

「どれぐらい必要なの？」

「飯で三万。キャバクラは一軒で済ませて五万。最後にソープに連れて行って十万。すまんが、俺の分も入る。あとはタクシー代を含めて、締めて二十万かな」

明快に答えてやる。詐欺師から金を引っ張るのは、少額でも快感だ。

「わかったわ。明後日、私が用立てていくわ。もちろん、あなたに渡す。ただし最初の食事会には、私も混ぜて」

季実子も食い下がって来た。食事会の席で、赤木に色目を使いたいということだろう。

「そうだな、そこは上手く段取りをするさ。あんたも赤木という人物を知るといい」

こっちも仕掛け時だ。

3

二日後。

北急ホームズは渋谷の北急合同ビルの十一階に本社を構えている。北急グループの比較的中規模な二十社が、ここに本社を置いているのだそうだ。基幹企業である電鉄や建設は、別な場所に独立した自社ビルを構えているのだ。

エントランスには制服を着た警備員がふたり立っていたが『ロビーのティールーム』と言っただけで簡単に通してくれた。

神野は、季実子を伴い、受付の手前まで進み、スマホを取った。

「砂岩発送の井出です。ちょっと早かったですが、いま御社のロビーに到着しました」

受付嬢に聞こえるように言う。

デパートのインフォメーションコーナーのような半円形のカウンターの向こう側で、ＣＡのような恰好《かっこう》をした受付嬢ふたりが、立ち上がって、出迎えの態勢をとる。

「はい、ティールームですね。ええ、空いています」

神野は、ロビーの奥にあるティールームに顔を向けた。

全面ガラス張りの広々としたエントランスロビーの一角に、高級ホテル並みの革張りソファを設《しつら》えたティールームがあった。

「わかりました。そこでお待ちします。ええ、提携会社の社員も一緒です」

隣にいる季実子に目配《めくば》せした。季実子が頷く。今日は、黒のスカートスーツを着てきていた。零細企業の営業担当らしく、ポリエステル系の安物スーツにしているところはさすがだ。

「赤木さん、そのまま出るから、ティールームにしようって」

季実子を促し、ティールームに入った。並んで座る。あえてエレベーターホールの見える位置を選んだ。

ただし周りに人は少ない。夕方の空いている時間を選んだのはそのためだ。

五分ほどして、四基あるエレベーターのひとつから赤木が降りてきた。

神野を認め、手を振った。

「来たぜ」

神野も手を振り返す。季実子はその様子を見つめて頷いた。

赤木は、いかにも巨大企業群の一員であるような、高級そうなスーツを着ており、首からは写真付きの社員証をぶら下げていた。

「おぉ、井出ちゃん、提携先の営業さんて、女性だったのかぁ」

頭を掻《か》きながら入ってくる。すでに帰り支度を装う、ビジネスバッグを持っていた。何のことはない、神野たちが来る十分前に、十一階の北急ホームズの営業部に直接出向いて、分譲中のマンションのパンフレットを受け取って来ただけだ。それが鞄《かばん》の中にある。

エレベーターの扉が開く寸前に、偽装社員証をぶら下げたはずだ。

「初めまして、ストライクの松川季実子と申します」

季実子が立って、名刺を差し出した。赤木が受け取り自分のサイドポケットから革の名刺入れを取り出し、一枚取り出した。

「マンション営業部の赤木です」

偽造名刺のシャッフルとなった。狐《きつね》と狸《たぬき》の化かし合いのようなものだ。

ティールームには、社員らしき男女も数人いたが同じグループとはいえ、会社や所属が違えば、そうそう詮索はしあわない。なにせ、このビルの中には二千人もの社員がいるのだ。

という情報を、神野も赤木も事前に仕入れていた。実際の北急ホームズの社員から聞き出している。情報元は、景子だ。

「会社概要はお持ちですか？」

赤木がソファに座るなり居丈高に切り出した。簡単に寄せ付けないという雰囲気が大切だ。

「はい、これが当社の内容と、現在の取引先などです」

昨日一日で、作り上げたパンフレットを渡している。一応ネットにも、ＨＰを挙げていた。それだけのことが素早く出来るバックボーンが、季実子にはあるということだ。

上郷組自体が地面師詐欺の中核と考えて間違いないだろう。

赤木は、一ページずつ開いて、丹念に読んでいた。粗探しをしているだけだ。話を引き延ばす口実を探している。こっちもヤクザだ。

「はっきり言って、いますぐ御社に発注するということはないと思います」

赤木が言った。

「といいますと？」

季実子が色をなした。

「ここにある依頼企業さんはいずれも大手ではありませんね。どうも上野や浅草の小売業者さんや零細工場ばかりのようだ」

それは季実子としても、裏を取られないように、何らかの形で息のかかった会社ばかりを列挙しているのだ。つまり上郷組の息のかかった店や企業。

「はい、私どもは、たしかに上野を本拠地にしていますので、どうしても個人営業主さんからの仕事が多くなっています。和菓子屋さんとか、宝石店さん、それに最近では、イベント開催を報《しら》せるお寺さんなんか多いですね。ですが、量的には十分請け負える体制もありますし、個人情報の機密保持に関しては、自信を持っています」

季実子が返した。

「個人情報の保持。まさにそこなんですよ。うちのリストは、北急ホームズ会員で、パンフレットの送付を希望されている方だけの物です。つまり、居住用ばかりではなく投資用のお客様も多いんです。その情報に基づく発送を、簡単に新規の会社に委託するということはありません」

強い口調で言っている。本物の社員なら、まさにそう言うだろうというセリフだ。

「いますぐにとは申しません。一応将来の候補にしていただければ、幸いです」

季実子が上手く話を畳んだ。今日の本筋はあくまでも赤木と接点を持ち、今後のとっかかりにしたいというところだろう。

「検討はします。それに、砂岩発送さんから部分的に孫請けされるのは、認めましょう。ただし、問題があった場合の責任はすべて砂岩さんということになります。いいね、井出ちゃん」

赤木もうまく芝居を打ちまわしている。

「もちろんですよ。これはそもそも、うちが間に入った案件ですから」

神野も話を合わせる。

「だったら、ストライクさんは、砂岩発送の下請けで実績を積むべきだ。三年ぐらいやって、問題がなければ直接取引という話も出てくる」

赤木が、見事な結論に導いた。

「なるほど、わかりました。私どもはそれで結構です。しっかり、実績を積ませていただきます」

季実子が、話を切り上げた。これ以上続けると、襤褸《ぼろ》が出る可能性があると踏んだのだろう。賢い。

「赤木さん、仕事の話はこれで終わりです。まずは食事に行きましょう。昨日お電話で話した通り、一軒目は松川さんもご一緒します。新宿三丁目で中華です。男同士の遊びはそこからということで」

神野が切り出した。

「えぇええっ。そうだっけ。そういう話だっけ？　最初から男同士じゃなかったっけ」

赤木が不満そうに言った。

季実子は、困惑気味に神野の方を見た。

「いやいや、昨日、それでいいということでしたが」

神野は慌てたふりをした。

「井出ちゃんさ。食事は、いつもの『金王園《きんおうえん》別館』だよな」

赤木が腕を組む。まるで常連のような顔つきだ。めったに行かない高級中華料理店だ。

「はい、予約を入れてありますが」

「実は『シスターギャング』の景子を呼んであるんだ」

赤木が小声で言う。

「えぇぇぇぇえっ、景子ちゃんを。歌舞伎町に同伴ですかぁ」

神野は大声を上げてみせる。

「しっ、井出ちゃん。ここは会社だぜ」

赤木が顔の前で大げさに手を振る。

「すみませんっ」

「あ、私なら平気ですよ。女性がふたりのほうが楽しいじゃないですか。中華は、ストライクがご馳走《ちそう》させていただきます。その後は、どうぞ男性同士でお楽しみください」

物わかりのいい女性社員を演じている。

「なら、いいか」

赤木が立ち上がった。これ以上、このティールームにいると自分たちも襤褸《ぼろ》を出さないとは限らない。

新宿三丁目の中華料理店へと入った。

個室の丸テーブルに三人で座るとほどなくして、歌舞伎町ナンバーワンの喜多川景子が現れた。

「失礼します。あっ、赤木さんと井出さんだけじゃなかったんですね。初めまして、私、歌舞伎町の景子と申します」

景子は季実子を認めると深々と頭を下げた。

今夜は黒に薔薇《ばら》の花を散らしたシルクのスリップワンピだった。バラが散っていなければ、黒い下着とかわらない。透けては見えないが、動くたびにバストと腰のあたりに下着のラインが浮かんで見えるタイプだ。

「こちらこそ、突然お邪魔して申し訳ありません。ＤＭ発送代行の会社に勤めている松川といいます」

季実子も立ち上がり、頭を下げた。

同じ黒でも、季実子のスカートスーツはやはり野暮ったい。気後れしている様子がありありと浮かんだ。

紹興酒の乾杯で食事会がスタートした。

赤木が、チャーシュー、蒸し鶏、クラゲの三種の前菜に箸を走らせながら、マンション販売が、急速に鈍り出した話をした。

餌を撒《ま》くときは、悪い話から始めるのが定石だ。

「それはどうしてでしょうね？」

景子が水を向ける。

「完璧な供給過多だ。東京オリンピックが終わると、晴海《はるみ》の選手村が売りに出される。東京湾を見下ろせるタワーマンションが四千戸以上だ。これが順次販売される。客は慌てなくともじっくり待てる状況になった。一番人気の晴海の開発がこれで天井を打ったことになる」

経済ニュースで拾った情報をさも専門家の意見のように言っている。

「北急ホームズさんとしては、これからは、どこを開発するのかしら？」

景子があっけらかんと聞く。

「おまえに、そんなことが喋《しゃべ》れるか」

赤木が、一歩引く。

ちょうど北京《ペキン》ダックが出てきたところだった。ウエイターが取り分けて四人の前に皿を置き、出ていった。

「一昨日、新規開発会議だったんですよね。うちにＤＭの仕事はいただけますでしようか?」

神野が発送代行にかこつけて聞いた。

「それはあるよ」

「開発着手と同時に、DM送付パターンですか?」

「そういうことになる。プレミアム会員には、一足先に知らせるのが常とう手段だ。彼らの食いつき方で、間取りと価格を決めていく」

赤木は、餅皮《カオヤーピン》にくるんだ北京ダックを口に放りこんだ。なかなか開発の情報を口にしない。

神野が、紹興酒ではなく日本酒をオーダーした。そろそろ情報を小出しにしろというサインだ。

さっそく景子が動いた。

「私、そろそろ自分のマンションを買おうと思っているんですよ。本気ですよ。買うなら、北急ホームズの『クイーンガーデンシリーズ』にしたいなって」

クイーンガーデンシリーズは低層で中庭を囲むように設計された新しいタイプだ。上に上に向いたタワー型から、低層で広い敷地を持ったタイプが、あらたな人気を呼んでいる。

二十年後の人口激減でタワーマンションのゴースト化、価格の暴落化が指摘され始めたからだ。

「ありがたいが、バカ高いぞ」

「お金の都合のつけ方ならあるわ。銀行にもちゃんとお客様を抱えていますから」

景子は胸を張ってみせた。ブラジャーの形がくっきり浮かぶ。

「おまえ、もしかして、もう情報を握っているんじゃないか?」

赤木がぐるりと瞳を一回転させた。

「いいえ。全然握っていませんよ。赤木さんのなら握ってもいいですけど」

と、そっと赤木の太腿《ふともも》に手のひらを載せ、何気に季実子の方を向き、慌てて手を引っ込めた。

「ごめんなさい。女性がいるのに下品なこと言ってしまって。ダメねぇ、私って」

ポンと額を叩いて見せる。芸が細かい。

「いいのよ、いいのよ。私も、そういう下ネタに慣れていますから。赤木さん、私がいるから言いにくいんですよね。新規開発地区」

季実子は口を開けて笑っているが、その喉から手が出てきそうだ。

赤木が、季実子を睨《にら》んだ。

「確かに。その通りだ」

「あの、ごめんなさい。のこのこついてきて。私、失礼しましょうか」

季実子が引こうとした。この女も押し引きがうまい。

赤木がじっと季実子を見つめた。迫真の演技だ。

「井出ちゃん。この女《ひと》、本当に大丈夫なんだろうな」

神野は、一拍、間を置いて答えた。

「そう思って、お引き合わせしています。当社が業態変更した時に、発送代行業はすべてストライクさんに振り替えようと思っておりますので」

季実子の箸を持つ手が止まった。

「えっ、業態変更？　それどういうこと？」

目を丸くしている。

その会話を赤木が引き取った。

「松川さん。砂岩発送は僕が買い取ろうと思っているんですよ。もちろん、僕の名前は直接は出さない。井出ちゃんを社長に据えて、僕の親戚三人に役員になってもらおうと思っています。弟も宅地建物取引士の資格を持っていますからね。そうすると不動産業に変われる。近く『砂岩ホームズ』に社名も変えてもらいます」

「えっ？」

季実子は息を飲んだ。

神野はその眼を見て、笑った。

「意味がわかったかな」

彼女の耳もとで小声で囁《ささや》いた。

「半分ぐらいしかわからないわ」

また赤木が会話を繋《つな》げた。

「つまり、北急ホームズの販売代理店をやってもらうということです。俺がいくら売っても給料はそうそう変わらない。北急グループは巨大企業群な分だけ官僚的でね。いまだに年功序列の空気が残っている。一番、活力のある三十代で成果をいくらあげても、采配を振れるポジションにはつけない。五十歳過ぎまで待たなくてはね。こんなのおかしいでしょう。だから、俺は、こいつと組んで自分で儲けることにしたんです。あなたも秘密が保てるなら、砂岩ホームズの下請けになればいい。その代わり、ＤＭを打った客への個別アプローチも頼みますよ。先行販売分です」

「私どもが、営業もかけるっていうことですか？」

季実子はさすがに驚いたようだ。

神野が補足した。

「実は、僕はそれをやってきたんだよ。単純にDMの発送代理を請け負うだけではなく、赤木さんが見込んだ客を、代わりにプッシュした。リベートを貰《もら》ってね」

「井出ちゃんとは、そうしたことで培った信頼関係がある。だから安心して顧客リストを渡しているし、新規に開発する土地も早くから知らせている。投資家に先に裏情報を流してもらうためだ。億もするマンションが、完成してから正直に分譲広告を出してそうそう売れるものではない。事前に特定の投資家から確約をとっておくのさ。もっともこれは企業秘密だ。やばい人間が絡んできても困るからね」

赤木が言った。大海原《おおうなばら》にでっかい餌を投げた思いだ。

「わ、私も喜んで、営業させてもらいます」

本当に喉から手が出ていたような言い方だった。

「だったら、井出ちゃんと組んでくれ」

「わかりました」

赤木が景子に向き直った。

季実子に聞かせるスピーカートークの最後の仕上げだ。

「クイーンガーデンシリーズよりも新しいシリーズが出る」

いきなり元の話に戻した。

「あら、そうなの」

景子が、赤木の方へ一歩椅子を詰めた。赤木の手が景子の太腿に伸びた。神野の女だが、この場合遠慮はしない。景子も景子で、軽く股を開き気味にする。

「ゴールデンタウンシリーズだ。間もなく手掛ける」

赤木が神野の方を向いてにやりと笑う。

「それ、私でも買える物件？」

景子が、さらに股を大きく開いて言う。赤木の手の平が、景子の股間に潜り込んだ。さすがにワンピースの上からだ。

「買える価格に設定してやるさ。砂岩ホームズから買うならな」

赤木が笑う。

「私、井出さんから絶対に買う」

景子がはしゃぎ声を上げた。刷り込み完了だ。

それからまた日本酒を飲みながらたわいもないエロ話に戻った。

季実子はここぞとばかりに、オナニーの仕方や、レイプ願望があることなどを披露した。

ビーフンで締めて、杏仁豆腐《あんにん》が運ばれてきたところで、季実子が席を立った。会計だ。

少しおいて、神野も立った。赤木に親指を立てて出る。

レジの前で季実子に追いついた。

背中に声をかけた。

「驚かせて悪かったな。赤木さんの方から切り出さない限り、俺の方から言うわけにはいかなかった」

「とんでもないわよ。あなた、小遣い稼ぎなんてする必要なかったのね」

振り返った眼が潤んでいた。

金の生《な》る木を捕まえた眼だ。アソコも潤んでいるに違いない。

「いや、いまはまだ、小遣いはいるよ。それにあんたみたいなパートナーもいる」

季実子の尻を撫でた。一切抵抗はしなかった。さらに立ったままスカートの中にまで手を入れてみる。これも抵抗しない。

季実子はビジネスバッグを拡げて、中をまさぐったままだ。

黒のパンストに包まれた股間に触ると、やはり生温かかった。ちょっと押してみる。割れ目がぐちゅっ、と窪《くぼ》んだ。

「あんっ。これからキャバとソープに行くんでしょう。はい、軍資金」

茶封筒を差し出してきた。かなり分厚かった。予定より多く入っているようだ。

「悪いな」

「それ以上使ってもいいわよ。明日請求して。すぐに振り込んであげる。赤木さんを絶対に離さないで」

「せいぜい機嫌を取っておくよ。だがその前に頼みがある」

パンストのセンターシームをなぞりながら言った。

「なぁ〜に？　私も変な気持ちになっちゃうわよ」

「ちょっとそこの路地でヌイて欲しいんだ」

「はい？」

季実子がさすがに驚いた顔した。

「あの景子って女を見ていたら、発情してしまった。まさか赤井さんの女に手を出すわけにもいかない。これから大事な新規開発の土地がどこになるか聞きださなきゃならない。こっちがもやもやしていたんじゃ冷静に聞きだせない」

適当なことを言った。実は季実子の安っぽいスカートスーツ姿に萌《も》えていた。婀《あ》娜《だ》っぽい雰囲気を持った女だけに、初心《うぶ》なスーツを着ていると、よけいＡＶ女優っぽい雰囲気が醸し出されている。

「路地で？」

「あまり待たせるわけにもいかないだろう。早くシュッシュと出してしまいたい」

それにそのほうが、裸にならずに二度目の交尾が出来る。やればやるほど、馴染《なじ》むのが、男と女の関係だ。

「私、そういう女？　これでも上野じゃ……」

「めったなことは口にするな。出させてくれるのか、くれないのかどっちなんだ」

神野は目を吊り上げた。思わず本性を出してしまうところだった。

「早く、外に行きましょう」

季実子の方から、自動扉へと進んだ。

ビルとビルの隙間に入った。土と黴《かび》と中華の匂いがした。季実子をいままで飯を食っていた金王園別館の壁に手を付かせ、自分の手でスカートを捲《めく》らせた。

「パンスト破っていいか。上げ下げしている暇がない」

「上手に破ってよ。伝染してたら変でしょう」

「うまくやる」

神野はサイドポケットから、ボールペンを出し、その尖端で、センターシームの真横に穴を開けた。ペットボトルの底ぐらいのサイズだ。

「パンティだけ、シルクっておかしくないか」

「そこは、赤木さんに、見せる予定がなかったから」

「喋っている暇もないな」

黒い股布をずらすと、ぬらりと光る肉裂がのぞけると同時に、女の発情臭が噴き上がってくる。他の匂いを押しのける威力があった。

自分も黒棹《さお》を取り出した。一気にずぶずぶと挿し込んでいく。蜜が飛び散った。裏から田楽刺しだ。

「ぁあぁっ」

「声を出すな。すぐ終わる」

「んんんんっ」

本当のところは、すぐ終わる必要はどこにもなかった。赤木も景子もゆっくり杏仁豆腐を平らげながら、芝居の反省会をしているはずだ。

神野は、挿し込んだ棹をさまざまなピッチで摩擦した。

「いや、早く出さないとまずいわよ」

季実子が前回とは異なる猛烈な締め方をしてくる。本気の絞り込みだ。女は急《せ》かすに限る。急かすと思わぬ力を発揮してくれる。気持ちよかった。

「おうっ」

　思い切りしぶいた。何波にも分かれて、精汁がビュンビュンと飛ぶ。

「ふううう、さっぱりした。ティッシュがない。始末してくれ」

　グダグダになって壁に頬を張りつかせている季実子の身体を無理やりひっくり返し、しゃがませた。まだ濡れ光っている亀頭の掃除をさせる。舐めさせながら、空を見上げた。ビルとビルの隙間から満月が見えた。チンポを舐められながら空を見上げるというのは、なんだか露天風呂に浸《つ》かっている気分だ。極道はやめられない。

「井出さん、必ず新規開発の土地を聞き出してきてくださいね」

　季実子が、舌を動かしながら、上目遣いに言う。

「何を言っている。赤木さんはさっき言ったじゃないか」

「えっ？」

「新シリーズはゴールデンタウンって。ゴールデン街以外にあり得ないでしょう」

　季実子は、亀頭を咥《くわ》えたまま、目を大きく開いた。エロい。

　釣れた。これで季実子の方から情報を持ってくるに違いない。

第四章　スーパーフェイク

1

「昨夜のうちに、上郷組の藤堂にゴールデン街の偽情報は上がっていると思います」

翌日の夜だった。

神野は、ショットグラスでウォッカを呷《あお》りながら、黒井に伝えた。

西新宿にある老舗《しにせ》ホテルKプラザのスカイバー。カウンター席から新宿の町一帯が見渡せる。新宿に進出して以来、黒井はこの景色を眺めながら、作戦を立てるようになった。

「神野、おまえは、そのまま、季実子を使って、上郷組の地面詐欺のシステムと手口を追え」

黒井がバーボンのロックグラスを口元に運びながら言う。

「おそらく、ゴールデン街付近の物件に触手を伸ばしてくると思います」

「手口をじっくり見てこい。いずれうちのノウハウになる」

「しっかりやってきます」

「ただし、気をつけろよ。上郷組の藤堂もそろそろおまえの身上調査を始める頃だ。今後の連絡にはすべて赤木をクッションにいれろ」

「わかりました」

神野はもう一杯ウォッカを呷った。ポーランド産のスピリタスだ。度数九十六。喉も食道も胃も焼けるが、極道としての鍛錬になる。

日常的にスピリタスを飲むことで、他の酒はすべて水にしか感じなくなるのだ。神野が酒で潰されないのは、これを愛飲しているからだ。同時に、この酒は武器にもなる。

「無粋《ぶすい》で申し訳ないが、このウォッカを、三百五十ミリリットルのペットボトル二本に詰めてくれないか」

そうバーテンダーに頼む。

黒井がにやりと笑った。

「こいつをやるよ」

ジッポーのオイルライターを神野の前に置いた。ローリング・ストーンズのベロマークがついている。

「まぁ、このマークみたいな真似《まね》はしたくないんですけど、ありがたく預からせていただきます」

「チャカを持って歩くわけにもいかんだろうが、合法武器は身に着けておくに越したことはない」

そのとき、カウンターに置いてあった黒井と神野のスマホが同時に震えた。神野のスマホの液晶には、組事務所であることを示す『珍々軒』という文字が浮かんでいる。

神野は、椅子から飛び降りバーの入口へと駆け寄ってタップした。

「カシラ、ゴジラロードで大爆発です」

今夜の当番の桑原順平《くわばらじゅんぺい》の声がした。

「なんだとぉ。場所は？」

「靖国通りから入ってすぐのところです」

「説明しろ」

神野は命じた。

「靖国通りから、突如ゴジラロードに突っ込んできた黒のアルファードが、キャッチをしていたホストをひとり撥《は》ね飛ばしたそうです」

「『キング』の連中か？」

入口付近は舞闘会の管轄で、神野は区役所通りにある『キング』というホストクラブにショバを与えていた。

「そうです。それで、頭にきた仲間のひとりが、相手の車の半開きのサイドウィンドウに煙草《たばこ》を放り込んだら、ドカン。車ごと吹っ飛びました。あいつらもわけわかんないって」

ガソリンの入ったポリタンクを積んでいたと考えられる。誰でも扱える爆弾が、ガソリンだ。ガソリンの販売方法を一考するべきではないか。

「ホストは、もう回収したんだろうな」

「はい。五人ですが、全員爆風で軽い火傷《やけど》と全身打撲程度です、巡回中のうちのワゴンがすぐに拾いました」

若手もうまく立ち回れるようになったものだ。

「よっしゃ、打撲ぐらいなら、ラブホに突っ込んで寝かせておけ。酷《ひど》いようなら荒木町の闇医者を呼んでやる。見舞金として、ひとり五十万円だ。煙草は喫《す》っていなかったことにさせろ。いいな」

「へいっ」

「吹っ飛んだ車の方は？」

「運転していた奴《やつ》は即死です。目撃したホストの話では、組の金庫ぐらいでかい男だったようですが、爆破した後は丸焦げだったそうです。歌舞伎町で、自爆テロって、中東系ですかね？」

　いいや、上野のヤクザだ。と言おうとして言葉を飲み込んだ。

「指示を出すまで、いつも通りにしておけ。刑事が回ってきても、知らぬふりで通せ。煙草を投げ入れたことがわかると傷害致死を取られるかもしれん」

　神野はスマホを切って、カウンターに戻った。

「こっちには、総監《ボス》から連絡が入った。上野からの刺客だったようだ。本店の組対《マルボウ》が色めきたっているが、総監が抑えている。刺客がふっ飛んだんじゃ、上郷組のトップに殺人教唆の逮捕状《フダ》も取れねぇってことだ。闇処理だ」

　黒井の片眉が吊《つ》り上がった。

「それにしても危ねぇところでしたね。狙いは焼肉屋でしょう」

危なくシマで商売する堅気《かたぎ》を巻き込むところだった。

「神野、急いで上郷組のシマ内の最大の資金源がどこか探し出せ」

「そこに、マイトの束でも放り込みますか？」

神野が、ソフトボールを投げる真似をした。

「今回、おまえは潜入だ。上郷組だけで、歌舞伎町の乗っ取りが出来るわけがない。必ず黒幕がいるっていうことだ。そいつを暴きだせ。威嚇攻撃の方は俺が指揮する。おめえんとこの若手を借りんぞ」

「へいっ」

神野はすぐに桑原にメールした。

【チーム神野は、いまから全員、本家の指揮下に入れ】

これで、歌舞伎町と渋谷道玄坂の組員全員に回覧が回る。

関東舞闘会の本部は現在でも横浜山下町《やましたちょう》にある。暴走族、半グレ集団を経て、横浜舞闘会として本職入りを果たし、その後、神奈川の有力団体を併合して、新宿に渋谷に進出を果たした。

神野は新横浜時代から黒井と行動を共にして来たが、この男が、国家から与党極道を組織する任務を背負っているのと知ったのは、ずいぶん後になってのことだ。

その時は驚いた。いきなり極道から公務員への転向を命じられたのだ。それも非正規の契約公務員だ。

だが、悪は悪にしか潰せねぇ、という黒井の論理と情熱に心が動いた。

仕事は変わらない。親方が日の丸になっただけだ。

「あっしが潜っている間は、野津《のづ》に指示してください」

野津直也《なおや》は、舞闘会神野組の若頭補佐だ。

「おうっ。とにかく情報を摑《つか》んでこい」

黒井が先に立った。神野は深々と頭を下げて見送った。

すぐさま、季実子に電話を入れたかったが、ぐっとこらえた。餌を撒《ま》いた以上は引っかかるのを待つばかりだ。

とくにいまは、自分が歌舞伎町の極道であることが露見しないように、自制しなければならない。

突っ込んできたのは、あのオールバックの巨体の男だったようだ。つまり上郷組の若頭桐林聡志だったに違いない。

自分の手で葬りたかった相手だ。

2

辛抱強く季実子から連絡が入るのを待った。この間神野は、新宿三丁目の砂岩発送に毎日出勤して、カモフラージュした。

砂岩発送はパート五人が大型作業台を囲み、せっせと封筒詰めをする地味な会社である。毎日そこに出勤し、組事務所へ電話やラインで指示を出していた。パートは六十代のおばさんたちだ。

服装も髪型も変えてあった。上郷組の情報屋から探りを入れられても、不審に思われないように努めた。

ようやく連絡が入ったのは、三日後だった。

「『ストライク』に思った以上に依頼が殺到して、驚いたわ。もっと早くこの仕事に気づくべきだったわね。とっさの思い付きだったんだけど、社員、全員女性っていうことにしたのよ。うちの店の女の子三人にOLスーツを着せて囮《おとり》画像を載せたら、バンバン問い合わせが増えたの。まったくデリヘルじゃないっていうのよね」

季実子の声は弾んでいた。これではさらにオレオレ詐欺や電話詐欺が増えそうな気がするので、早く潰さねばならない。

「なら、顧客データは、もう俺の方から回す必要はなくなりそうだな」

これ以上、データを出すのは危険でもある。

「この前の赤木さんとの会話に基づくと、いずれ砂岩発送の業務は、私たちが受け継げるのだから、もはや追求する必要がないわ。こっちで受けた依頼もそちらでお願いするわ。ストライクはダミー会社でいいのよ。依頼主から発送リストを貰《もら》ったら、それだけコピーして、後はそっちに回すわよ。これまで通り、発送代行できるスタッフは残しておいてくれると助かるわ」

システム詐欺用のデータさえ手に入ればOKということで、実業には興味がないということだ。

神野は、スマホを耳に当てたまま、目の前にあるノートパソコンで〈DM発送代行『ストライク』〉を検索した。

黒とグレーのスカートスーツを着た女性スタッフは全員ガッツポーズをしながら並んでいた。

『早い！　丁寧！　定額料金！』のキャッチコピーがピンクの文字で躍る。

なんとなくエロい。

これで、問い合わせが殺到するなら、この会社でも採用するべきだ。

写真用の女なら、歌舞伎町《こっち》にもいくらでもいる。景子に調達させればいいのだ。

いま作業しているおばちゃんたちだって、電話の声は美しい。

なんたって彼女たちは、ダイヤルＱ２《キューツー》全盛だった三十年前、テレホンセックスサービスののサクラだった人たちなのだから。

画像のチャットの時代になっていなければ、まだまだ声だけで抜かすことが出来ると、一番年上の、一条《いちじょう》ナオミさんが言っていた。

ホームページはキャバ嬢で、電話の応対は、パートのおばちゃんでいける。他にもビジネスが考えられそうだ。

「発送の実務は、うちで受けるよ」

神野は軽やかに答えた。

社長の砂岩からもリベートを取れる。

「ところで、別件で相談があるんですけど。上野まで来てくれますか？」

「別件って？」

「電話で言えるようなことじゃないです。ＵＥＮＯ３１５３の地下にあるビールレストランに今夜七時でどうでしょう」

かつては西郷《さいごう》会館と呼ばれていた上野のランドマーク的なビルだ。横浜の不良だった神野も高校時代は何度も、その二階にあったレストラン『聚楽台《じゅらくだい》』で西郷丼を食っている。

「その時間なら行ける」

神野は了解した。

一週間ほど前までは、長引く酷暑を恨んでいたが、昨日あたりからは、一気に冷たい風が吹くようになっていた。

この頃の日本には季節の境目がない。

真夏から初冬へさっと変わる。秋と春が、やけに短いのだ。

神野は、給湯室にある鏡の前で、服装をチェックした。量販店に吊るしてあるようなグレーの上下に、少しよれたワイシャツ。ネクタイは無地の濃緑色。それに黒ぶち眼鏡《めがね》をかける。全体に野暮ったいイメージが醸し出されている。

さらに極道としてはオールバックにしている黒髪を、今は真ん中わけにしていた。前髪の垂れ方具合を確認する。野暮ったくなくてはならない。

冴《さ》えないサラリーマン井出政宗がそこに映っていた。

似合わねぇが、しょうがねぇ。

線に乗る。

その恰好《かっこう》にくたびれたビジネスバッグを持って出た。新宿駅東口まで歩き、山手《やまのて》線に乗る。

外回り。池袋、田端《たばた》、上野方面行きだ。同じ電車がぐるぐる回っているのだが、外回りと内回りでは、だいぶ印象が違う。外回りのほうが、陰気な気がするのは、神野が陽気すぎる横浜生まれなせいかもしれない。

午後七時。上野駅に着いた。東北訛《なま》りの会話が聞こえてくる。いまでこそ東北新幹線は東京駅発着だが、三十年前ぐらいに、この上野が起点だったことがあり北の玄関口の異名を取っていたそうだ。

東京の中の東北なのかもしれない。

不忍口《しのばずぐち》から出ると、すでに外がとっぷりと暮れていた。目指すＵＥＮＯ３１５３ビルまではすぐだ。

横断歩道を渡り終えると、正面から、ややこしそうな輩《やから》が歩いてきた。三人だ。いずれも筋肉質な身体《からだ》。

中央の男が首からゴールドのチェーンをぶら下げている。左右のふたりは茶髪に野球帽。やはり体中に金具をつけていた。履いているのはバスケットシューズだ。

男のひとりが、すれ違うＯＬ風の女に声をかけた。白のブラウスにグレーのワイドパンツ。ビジネス用のトートバッグを肩から提げていた。

「ねぇ、おねえちゃん、これから出会い喫茶でしょ。なら、手っ取り早く、俺たちと遊ぼうよ。4P。ひとり一万でいいっしょ。まとめて三万入るんだからよぉ」

黒人ラッパー風の刈り上げ頭の男だった。

「いきなりなんですか。私、そんなところに行きませんよ」

OLは、男たちを、すり抜けようとした。

「いいじゃねぇかよ。あんたが、週三日、出会い喫茶の個室にいるのを俺たちは見ているんだよ」

黒人ラッパー風男がOLの腕を取り、自分の方へ引き寄せる。通行人は避けて通っている。歌舞伎町でこの光景を見たら、おそらく速攻、男たちに、飛び膝蹴りを見舞い、女を助けるところだが、どこで季実子が見ているかわからない。喧嘩《けんか》が強いと、悟られるわけにはいかないのだ。

神野は、男たちと視線を合わせないように、その場を通り過ぎようとした。遠巻きに歩いたつもりだった。

ガツンと、右肩に女の身体がぶつかってきた。男を振り切ろうとした女がはずみで体当たりをくらわしてきたのだ。

を突いた。

すでに店を閉じている漢方薬店のシャッターに叩《たた》きつけられ、神野は歩道に片膝

共倒れになった。

「！」

「くっ」

その上に女が重なり落ちてくる。

「てめぇ、邪魔なんだよ」

野球帽の男ふたりが蹴りを入れてきた。身体を丸めて腹と股間の前をビジネスバッグで隠した。ダミーの書類ぐらいしか入っていないので、たいした防具にはならないが、ないよりはましだ。

「おい、てめぇは、ヤリモクで出会い系とかエステに行こうとしていたんじゃねぇのかよ。気に入らねぇな。スケベオヤジ。俺のアネキも金のために、おめぇらみてぇなおっさんのチンポをしゃぶっているのかと思うとむかつくんだよ」

気持ちはわかるが、逆恨みもいいところだ。

背中に踵落《かかと》としが降りてきた。遅い。神野は完全に見切っていたが、ほんの少しだけ身体をずらすにとどめた。

背骨は外した。が、打たれたところには激痛が走った。

「くぅうう」

こめかみに青筋が入る。極道としての闘争心に火が付きそうだ。大きく息を吸い込み、堪《こら》えた。そして大声で叫ぶ。

「おまわりさーん。おまわりさーん。助けてくださーい」

泣き声で叫び続けた。

「誰か、早く通報を！　証拠の写メ、撮ってくださーい」

周囲に向かっても叫ぶ。

「てめぇ、ふざけたことぬかしてんじゃねぇぞ」

三人が猛然と爪先を飛ばしてきた。腕や脇の下、太腿《ふともも》を容赦なく蹴られる。さすがにこたえてきた。

だが奴《やつ》らは、顔面や頭部は打ってこない。単に恐怖心を与えたいだけで、命にかかわることはしないようだ。喧嘩のプロということだ。

女はこの隙に逃げた。

それでも叫び続ける。

「おまわりさーん。おまわりさーん」

これが、日ごろ逆の立場から見て、もっとも面倒くさい堅気の抵抗だ。

案の定、通行人が、この様子を遠巻きにしながらもスマホで撮影しだした。忽《たちま》ちネットにアップされるのだ。

「おまわりさーん。なんで早く助けてくれないんですかー」

ネット公開の視聴効果を狙って、声を振り絞る。

「ちっ、金を抜いている暇もなくなっちまったぜ」

最初に女の腕を取った男が、最後の一撃とばかりに、神野の尻を蹴りあげると、駅の方へと引き上げていった。

警官の姿はまだ見えなかった。来たら来たで、厄介だ。神野は立ち上がり、早々に目指すＵＥＮＯ３１５３へと向かった。五分遅れになった。

地下に降りると、銀座の老舗ビアホールの支店があった。

銀座とは、だいぶ雰囲気が違って店は真新しい。季実子が一番奥まった席で待っている。四人掛けテーブルにひとりでいた。目の前に中ジョッキが置いてある。季実子はスマホを弄《いじ》っていた。

「すまない。ちょっと遅れてしまった」

神野は、席に着き、黒ビールを頼んだ。苦み走った味が欲しい。

「勝手にやっています」

季実子はジョッキを呷《あお》った。身体にぴったりフィットした黒のワンピースを着ている。黒人女性シンガーの衣装のようだ。身体の曲線が丸見えで、裸より卑猥《ひわい》に見える。

三日前に出会った歌舞伎町の景子への対抗心がありありだ。

「袖にコンクリート片が付いているけど、転んだんですか？」

「あぁ、転んだ。かっこ悪い話だから、聞かないでくれ」

黒ビールとソーセージの盛り合わせ、それにザワークラウトがまとめてやってきた。

「先日はお疲れさん」

「こちらこそ、有力な情報源を紹介して貰って助かりました」

「ところで、今夜はどんな話だ」

神野は黒ビールを一気に半分まで飲んだところで、切り出した。仕事を早く進めるためには無駄話は避けたい。それに、無駄話というのは、すればするほど襤褸《ぼろ》が出るものだ。

「ズバリ言います。私のチームに入ってもらえませんか」

口の周りに泡をつけた季実子が愛想笑いをした。

「チーム？　発送代理の仕事はすでに組む約束をしたじゃないか。そうだ、これは先日の領収書と残りだ」

神野はビジネスバッグからキャバクラとソープの領収書と二万円を取り出して、季実子に渡した。あくまでも律儀なサラリーマンを演じ切る。

「もっと大きなビジネスパートナーです」

季実子の目が妖しく光る。

神野は、来たな、と内心小躍りした。いよいよこの女の本性がわかる。

「意味が解《わか》らん」

思い切り惚《とぼ》けた。

「役者になってもらいたいんです」

「役者？」

「土地建物の所有者の役どころです」

季実子が一段声を潜めて言う。傍らにあったブランド物のバッグから、タブレットを一台取り出した。

「説明するわ。こっちに座って」

季実子は自分の隣の席を指さした。並んで座れということだ。いきなりため口になった。ムッとしたが、言う通りにした。

「照れ臭いな」

神野は立ち上がり、席を移動した。瞬間太腿に痛みが走り、顔を顰《しか》めた。

「転んだところ、痛そうね」

季実子が、手を伸ばしてきて、太腿を撫《な》でた。

「平気だ。骨を折ったわけじゃない。話を続けてくれ」

隣に座った。季実子が椅子ごと身体を寄せてくる。柑橘《かんきつ》系の強い香りが鼻腔《びこう》を突く。エロい匂いだ。

「この物件の相続人という設定なの」

季実子が画像を指さした。

古ぼけた三階建ての朽ちたビルが写っている。宮園《みやぞの》酒店と書かれたシャッターが降りたままだ。

ビルと言っても木造モルタルで、そのはげ落ちた外壁と鉄階段の様子から、築五十年は経《た》っているように思われる。

「相続人役？」

ぼんやりと季実子の意図は読めたが、空惚《そらとぼ》けて聞く。

「新宿五丁目の物件。靖国通りからもゴールデン街からも近いわ」

季実子がタブレットをタップして、マップを取り出した。親指と人差し指を使って、マップをズームアップしていく。男が女の淫処を拡《ひろ》げる仕草に似ている。

「神社の近くの商店街か」

「言っても、今やこの商店街にはチェーン店しかないけどね」

確かに、新宿の中でも取り残された一帯ではある。

季実子が続けた。

「ただしゴールデン街にタワーマンションが建つとなるとこのあたりの事情も一変するわ。宮園酒店の土地の価値も倍になる」

餌を背負ってきてくれたようなものだ。

「そうだろうが、俺が役者をやるというのはどういう意味だ」

神野は首を捻《ひね》ってみせる。

「成りすまし役よ」

「はい？」

もうわかったが、その気配を出すまいと懸命に冷静を装った。

「あなたの化ける役は、宮園幹也《みきや》。三十六歳」

「年齢は同じだが、そいつは死んでいるのかね？」

「死んでいたら戸籍は抹消されているから、使いようがないでしょう。実在するわよ」

「さっぱり意味がわからん」

「言う通りに動いてくれたら、出演料は百万円。どぉ？」

季実子が肩をぶつけてきた。

「百万？」

「相場よ」

「いや、その前に、なんで俺にそんな話を振るんだ？」

神野は訝《いぶか》し気に眉を吊り上げて見せた。素人《しろうと》なら多分、そういう反応をする。

「最終オーディションに合格したからよ」

「まったくわからない」

季実子が、スマホの方をタップした。

「これ、さっきのオーディション写真」

画面に、十分前にボコられている動画がアップされる。

「極道や警察が『おまわりさーん』とは叫ばないものね」

「えっ？」

さすがに神野も唖然《あぜん》となった。

「どうもお疲れさまでした」

甲高い声がして、そこに男三人と女がやって来た。ポロシャツにチノパンを穿《は》いた男が三人。ミニスカワンピの女がひとりだった。よく見るとそれは、先ほどの半グレ風とOL風だ。

そういうことだったか。これも神野にはもう答えがわかっているが、驚いたように目を見開いてみせた。

「どういうことなんだ？」

「疑っていたわけじゃないんだけど、もしかしたら、あなたがどこかの組関係者か潜入刑事という可能性もゼロではないからね。確認させてもらったの。特に極道の場合は、ボコられたら必ず、反撃する本能があるからね」

やはり反撃せずに堪えてよかった。

「ずいぶんと、カッコ悪い姿を撮影されてしまったものだな」

苦笑いを浮かべてみせる。

「でも、これであなたが素っ堅気ということがわかったわ」

季実子がビールジョッキを掲げ、やってきた仲間たちに、オーダーを促した。

それぞれが中ジョッキをオーダーする。季実子がローストビーフ、チキンの唐揚げや名物のガーリックトーストなどフードをオーダーする。ステーキ焼きそばなるものも頼んでいた。

「なぜ、そんなに疑う？」

神野も黒ビールの残り半分を飲み干し、次はハーフアンドハーフを頼む。

「ちょっと話がトントン拍子すぎる気がしたのよ」

季実子が、ザワークラウトを口に運びながら言う。

「意味がわからん」

自分の仕事を採点されている気分になった。

「私は、自分がその場にいたから、そこそこ真実だと思うんだけど、うちのボスが、ゴールデン街の再開発は、いくら何でもできすぎじゃないかって」

「ボス？」

神野は目を剝《む》いた。内心では仕事を急ぎ過ぎたかと反省したが、外見上は、怒りをあらわにしていい場面だ。

怒気を含んだ口調で続けた。

「どういうことだ。あの話は、赤木さんと俺たちだけの企《たくら》みじゃないか。あんた、もう他人に喋《しゃべ》ったのかよ。俺はここで降りるよ」

腰を浮かした。

「待って。ボスの存在を隠していたのは謝るわ。でも、私たちのチームにあなたが入った方が、断然大きな仕事になるのよ」

「いったい、それは何のチームなんだ」

神野は季実子の目をまっすぐ見て聞いた。

「地面師よ」

季実子が声を潜めて言う。

ちょうどそこに、遅れて入ってきた連中のビールとチキンの唐揚げが届いた。

3

「この人たちは、日頃、上野公園でお芝居をしている人たち。自分たちで劇団を作っているのよ」

季実子が先ほど神野に殴りかかってきた男たちと、拉致されそうになるOL役を熱演した女を紹介してくれた。

中心的な役割を果たした黒人ラッパー風刈り上げ男の名が本郷《ほんごう》。あと二人は菱田《ひしだ》と木俣《きまた》と伝えられた。女は戸田香織《とだかおり》。

四人は、ジョッキを抱えて、神野に微笑《ほほえ》んだ。

「あんたたちと、乾杯する気には、なれん」

神野はいかつい本郷の顔を睨《にら》みつけた。

「すみません。あれは季実子さんからの演技要請だったもので。でも掛け声だけは勇ましくして、蹴りは弱めにしたつもりですから」

男は先ほどと打って変わり殊勝な感じで言う。ほかのふたりも体を縮めて、頭を下げた。戸田香織は「ごめんなさい」と言った。

「治療費は払うわ。十万。これでこの件は終わりにして欲しいの。話を先に進めたいのよ。この人たちにも、次の芝居に入ってもらうから」

季実子が封筒を差し出してきた。

「なんでも金で解決したがる人だな」

「ええ。それが私たちのチームのやり方なの」

ここらが、引き時だろう。

「わかった。話を前に進めてもらおう」

神野は封筒をジャケットの内ポケットに仕舞い込んだ。この金で景子にエロい下着でも買ってやろう。

「話をこの酒屋に戻すわ」

季実子がタブレットを指さすと、全員が覗《のぞ》き込んだ。宝探しの地図でも眺めているような光景だ。

「見て、隣接する駐車場の敷地も含めて百坪強あるのよ」

液晶に図面が広がった。三階建ての宮園酒店のビルは約七十坪。その横に三十坪ほどの賃貸駐車場がある。

「坪単価は、相場で六百三十万。六億五千万でいけるみたい」

季実子が嬉々《きき》とした表情でいう。

「いけるみたいって、いったいどうするつもりだ？」

神野は聞いた。

「私の役目は、役者の手配。筋書きは別なところからくるから。いまは、全三幕のうちの一幕目の台本しかきていないの。井出さんの登場は、二幕目の後半から。そこまでの流れを聞いていてちょうだい」

神野は沈黙することにした。

「まず、本郷君。あなたはこの駐車場の借り役をお願い。いま一台分空いていることを突き止めたわ。もう、田中太郎《たなかたろう》の名前で申し込んだから、明日不動産屋に出向いて。仲介しているのは四谷三丁目の不動産屋さん。役柄と、印刷屋からの身分証明セットはこれ」

季実子が本郷にクリアファイルを差し出した。書類や住民票、戸籍謄本、名刺、運転免許証、車検証が入っている。

「田中太郎ってべたですね。俺、今回美容師ですか」

本郷が笑いながら、ファイルの中身を点検している。

「情報屋が持ってきた実在者で、あなたに最も似ている人だから。新宿三丁目の美容院に勤務しているって。車はそこに書いてあるとおり、十年落ちのボルボ。いかにも美容師が乗りそうでしょう」

「わかりました。では明日早速不動産屋に行ってきます」

本郷がクリアファイルをリュックにしまい、出て行った。必要な事だけ聞いたら、それで終了らしい。チキンの唐揚げを平らげていた。

「菱田君はこの目の前のコンビニでアルバイトの店員になって。大学院生の役よ。出身校じゃなくて悪いわね。N大生。架空の人物だけど、コンビニのバイトは学生証があれば大丈夫だから」

「了解しました」

菱田がうなずいた。

「木俣君は、ゲスト出演。二幕目で、デリバリーキッチンの役を」

「偶然、通りかかる役ですね」

「そういうこと」

やはりファイルをもらうと二人ともそそくさと帰った。

「香織は今回重要よ。主人公の恋人役だから。しかもここの物件から出てくる役」

「うわぁ。リスク高い。しかもセリフ多そう」

「だからギャラは三十万。くれぐれも指紋には気をつけてね」

季実子がそう言って、ファイルを渡した。

「旅行会社の添乗員、青木凜子《あおきりんこ》、二十七歳って、これ架空ですか?」

「そう。香織の実年齢と同じ設定にしたから。明日から、コンビニに出入りして顔を売って」

「わかりました。菱田君のいるコンビニに頻繁に行くんですよね」

「そう、適当にお喋りする仲になると、撤収後の聞き込みでもかく乱しやすいわ」

「ですね。しっかり演技して来ます」

香織も出て行った。

ふたたび季実子とふたりきりになった。

「俺がこの宮園酒店の所有者になるのか？」

ローストビーフをつまみながら聞いた。ローストビーフは、焼肉のタン塩以上に、女の花弁を連想させる。

「そういうこと」

と言いながら、季実子はタブレットをタップし、写真を取り出した。

「これが、宮園幹也の高校時代の写真。十八年前ね」

近くにある神社の石段でちょっと肩を怒《いか》らせたポーズでレンズに収まる宮園幹也が写っていた。

「この頃が、彼がこの辺にいた最後の写真」

「その後どうした？」

「早稲田《わせだ》に受からなかったから、ロサンゼルスに留学したのよ。ありがちな話よね。

有名大学に入れなきゃ留学しちゃうって。でも、この宮園って男は、ロスの語学学校に入ってからは、案外頑張ったみたいで、ネバダ州立大学のホテル経営学部をちゃんと卒業して、ラスベガスのホテルに就職したようよ」

「そのままアメリカ暮らしか？」

ほかの写真を見ながら言った。新宿コマ劇場の前でガールフレンドらしい女子と肩を組んで写っている。女子は当時流行していたローライズのジーンズだ。宮園のほうは、ユニクロのごく初期の濃紺のフリースを着ていた。髪型は真ん中分けのツーブロックだ。当時は若者も真ん中分けだった。

「大学を卒業するまでの五年ぐらいは戻ってきていないみたいね。情報屋が、高校時代の同級生に当たってみたけど、日本の大学に入れなかったことにコンプレックスを持っていたようで、まったく戻っていなかったらしいって。その後、二〇〇五年に宮園酒店を継ぐべき彼の父親が癌《がん》で死亡。母親は実家のある埼玉の浦和《うらわ》に転居。その後再婚。宮園の家から縁は切れているの」

「母親といっても、五十代だったら再婚もするだろうな」

よくある話だ。

「宮園酒店はその直後に閉店。八王子《はちおうじ》の老人ホームに入っていた祖父母は二〇〇八年までに相次いで死んで、土地も建物も幹也が相続したわけ。ビルは放置したままよ」

「ロスにいるのか？」

「いまは、あちこち旅しているみたい。モナコとかニースとかそんなとこ」

「そりゃ、駐車場からの賃料だけで悠々自適な暮らしができるということだしな」

「つまり、成りすましを狙うにはもってこいのターゲットというわけよ」

季実子の双眸《そうぼう》が輝いた。

三十六歳になった宮園幹也の顔を知るものは、もはやあの商店街に少ないということだ。

「それで、今いた役者たちを目撃者に仕立てるわけだ」

「理解出来たみたいですね」

その後、季実子が、商店街の実態について詳細に話してくれた。

かつて存在した、豆腐屋や惣菜《そうざい》店、鮮魚店などを営んでいた人々は、いずれも商売を畳み、賃料生活者に変貌しているのだという。

小規模とはいえ、もともと商人だった彼らは賢い。

売却などして、莫大《ばくだい》な所得税や翌年度の地方税が跳ね上がるよりも、永続的な収入を得る方法として賃貸を選択した。一時の大金よりも、働かなくても、ずっと入ってくる金のほうが将来の見通しが立てやすいと考えたからだ。チェーン店に二十年単位で貸す契約をしてしまえば、残りの人生はプチ貴族のようなものである。

郊外のコンパクトシティに賃貸マンションを借り、歩いていける距離にあるショッピングモール、スポーツジム、スーパー温泉、シネマコンプレックス、ボウリング場に囲まれて暮らす生活をしているということだ。家賃収入は格差はあるが、場所柄月に五十万以上だ。年に数回旅行に出るらしい。悠々自適の老後だろう。

「最後、超高級老人ホームに入るときに売るのよ」

季実子が、ビアソーセージを咥《くわ》えた。いやらしく見えた。

「そうやって、みんな出て行ってしまっているので、宮園幹也の動向も忘れられていると。だが、駐車場を管理している不動産屋は接点があるんじゃないか?」

「だから、本郷君が契約に行くのよ。不動産屋が、宮園とどの程度緊密なのか。会って調べさせるのよ。飼い主の住所がどこなのか、その辺も契約書を見るとわかるから」

地面師の手口が徐々に見えてきた。

「せいぜい英会話でも習っておくよ」

「それなら、フィリピンクラブがいいわ。実践的な英会話の勉強にもなるし、マニラに知人を作っておくと、逃亡時に役立つわ。彼女たちも日本の国籍を欲しがっているけれど、こっちもフィリピン国籍を取得しておくと得なわけ。法律屋に頼んでおくわ」

法律屋とは、行政書士、司法書士、弁護士を指す。裏ビジネスを扱う法律屋はたいがい、女か賭博でヤクザに金玉を握られている。弁護士とはいえ、覚醒剤にはまっている連中もいるのだ。

「適当なフィリピンクラブはないか？」

「アメ横の近くにある『マラカニアン』。いい娘《コ》が揃《そろ》っているという話」

上郷組のシマのひとつであろう。偵察に行く価値はある。

「最後にあなたの写真を撮らせて。取引相手に見せる必要があるの」

やばさも感じたが、ここで引くわけにはいかない。

「かまわないよ。笑顔でいいか」

せめて笑顔でごまかしたい。真顔ではどうしても極道の凄《すご》みが出てしまうはずだ。

「では撮らせてもらうわ」

スマホを向けられた。

神野は笑顔を作った。組の者には見せたくない。

4

翌日、ふたたび上野へとやってきた。マラカニアンはすぐにわかった。飲食店ビルの五階にあるキャバ二十名程度の小ぶりな店だった。

ティナという二十歳の女がついた。スペイン系の顔立ち。日本語がたどたどしい。それぐらいがいい。いい加減な英語で対応する。何事も慣れだ。

「ユアマウスイズチョコレート、バッツ、ハートイズフリーザーでしょう。パロパロ、ノーグッド」

歌舞伎町のフィリピーナによく言われた言葉だ。

「ユーサイテイネ」

何となく会話になった。

「あなた、英語、大丈夫ね。世界で一番多い言葉。それは『ブロークンイングリッシュ』ね。問題ない」

ティナが大声で笑う。上野も歌舞伎町も、出稼ぎ外国人のパワーはすさまじい。昭和の日本人のパワーだ。

英語は口実だ。ティナに手を出す気もない。筒抜けになるに決まっている。まだまだ上野で、刺青《いれずみ》を見せるわけにはいかない。

探りだ。上郷組の米びつがどこにあるか、それを探りたい。

ティナとその友達を呼び、好きに飲ませた。みんなフィリピンビールのサンミゲールを軽快に飲んでいる。エロ話は控えた。フィリピーナは案外エロ話を嫌う。セックスはOKでも、不思議とエロトークは嫌う。日本人以上に恥じらいがあるのだ。

神野はさりげなく会話に織り交ぜた。

「ソレアのルーレットでは、すっかり負けた。だがあのホテルから眺めるマニラ湾に沈む夕日は絶景だったな」

ソレアはマニラのカジノリゾートのひとつだ。神野は年に二度、運試しに出かけている。

「おぉ、井出さん、ギャンブル、好きか？」

サンミゲールのボトルネックを持ったままティナが、細切れの日本語で言う。

「大好きさ。正直、セックスよりも好きだ。だが、日本じゃ、不法だからね」

「上野にはあるよ。アンダーグラウンドカジノ」

ティナの目が光った。店長とアイコンタクトを取っている。

「いやいや、闇カジと言ってもインターネットカジノでしょう。俺、マシンは信じないんだよ。パチンコだってロムでどうにでもなるんだからさ。闇カジなんて、裏で操作されていたら、俺たち素人はイチコロだよ」

「お客さん。そっち方面はよく行くんですか？」

日本人の店長がそばに来て言う。黒服が板についている壮年の男だ。愛嬌《あいきょう》を振りまいているが、眸《ひとみ》の奥は笑っていない。

「歌舞伎町と六本木《ろっぽんぎ》の闇カジで、さんざんやられたよ。サラリーマンなんてカモでしょ」

摘発された闇カジの名前を出してやる。歌舞伎町のほうは、関東舞闘会も出資していた賭場のなので自虐ネタに近い。

「手撒きなら、ＯＫですか？」

狡猾《こうかつ》そうに頬を歪めながら言う。同時にカードを手で撒く仕草をして見せた。

「カードはやらない。知らない人間が両隣に座って、調整された嫌な思い出があってね」

ブラックジャックは、ディーラーとサクラの客が手を組んでいることがザラだ。素人の賭博好きを装ってみせる。

「俺は、人の手で動かすルーレットしかやらないんだ。あれは、どんな訓練してもそうそう決めた数字になんか入れられないからな」

実際に神野が雇ったマカオやラスベガスで修業したルーレットディーラーもそう言っている。せいぜい赤と黒を分けて投げるぐらいしかできないと。イカサマをやるとしたら、盤面に磁石でもつけるしかないが、玉の転がり方で、そんなのはすぐに見破られる。ルーレットがもっともイカサマのできない賭博だ。

「ルーレットありますよ。私とティナが案内できます。ティナはそこでコンパニオンになります」

「おいおい、おっかない人がいるところへ連れて行くんじゃないだろうな。俺は素っ堅気だよ」

「お客さん、アッパーグラウンドの季実子さんの紹介ですから、楽しく遊んでもらいますよ。賭場ですから、ケツ持ちのヤクザはいますが、トラブルの時しか出てきません。それとうちが紹介する賭場は、本職さんとプロは出入りできません。紹介のあった堅気さんだけです。レコじゃなくて、そっちならご案内します」

店長はレコというとき小指を立てた。女の意味だが、いまどき、そんな符牒《ふちょう》を言う奴もいない。

スケとかヤサと同じで、アウトローの世界でも死語に近い。使うのは七十過ぎのヤクザぐらいだろう。

「今夜は十万ぐらいしか持ち合わせがないが」

「カードも使えます。うちで飲んだとか、物販を買ったとか、そんな名目になりますが。今日は十二日ですから、たいがいのカードの引き落としはずいぶん先になるでしょう。今夜負けても、その決済日までに勝てばいいんです。賭場は週に三日あがっています」

確かにほとんどのカードは十日締めなので、十一日とか十二日は、最も引き落としまでのサイトが長い日となる。来月の十日に締めて、引き落としは、その翌月五日だ。これは絶妙な口説き方だ。

「手数料が相当乗るんじゃないのか?」

かつて、消費者金融の多重債務者に、さらに追い貸しする手法として闇金が用いたテクニックがこのクレジット金融だ。

闇金としてもとりっぱぐれないメリットがある。

神野は、内心ほくそ笑んだ。

神野の手持ちのカードは井出政宗名義の偽造カードだ。ホームレスの戸籍謄本を買い取り、住民票を起こし、それを基に銀行口座を作る。

あとは審査の甘い、会員増員キャンペーン中の企業提携カードをどんどん申し込む。いわゆる「背乗りカード」だ。

ホームレスは、組の定点観測員として、今は手当てを払って面倒をみている。本人が望めば、フロント企業のどこかで働かせるつもりだ。

神野が持参しているカードは、大手ショッピングモールの提携クレジットカードだった。

負けて決済日になっても、口座に金を用意する気は、さらさらない。またまた騙《だま》し合いの開始だ。

「案内してくれますか」

神野は、好奇心丸出しの素人の顔をしてみせた。

午後の十時を過ぎて、かなり肌寒くなってきた中央通りを広小路《ひろこうじ》方面へと歩き、築五十年は経っていると思われるビルの前に到着した。

赤茶けた煉瓦《れんが》壁の五階建てだ。

窓がない。

トーチカとか要塞《ようさい》のようにも見える。

ビルの前には、中国エステの立て看板がずらりと並んでいた。いずれも画像処理された人工的な美人ばかりだ。その女たちの視線がやけにねっとり絡みついてくる。

『シャトー九龍《クーロン》』。

正面の鉄扉の脇に貼られた金のプレートにそうあった。

「上野の魔窟《まくつ》です」

店長が言った。

「魔窟？」

「ええ、エロと博打《ばくち》と金貸しばかりが集合してるビルですから、そう呼ばれています」

「香港の九龍城塞からきているのか」

「よくは知りません」

ティナが、寒そうに身体を震わせながら言った。

「本物の九龍城はスラム街。だけどここは見た目はぼろいけど、中にはお金がザクザク。どっちも治外法権ね」

「ティナ。余計なことは言わない方がいい。ユーは、酒運ぶ、お客さんが煙草咥えたら火をつける。疲れてきたらエステルームに案内する。それだけが仕事」

ティナを窘《たしな》めた店長が扉の前に進んだ。古いビルなのに、扉だけはオートロック化しているようだ。

「エステや金融屋に入るにも、部屋番号がいるのか？」

「はい、部屋番号を知っていて、事前に予約している人しか入れません。それと、この扉を潜《くぐ》るとスマホ、携帯、使えなくなります。電波が遮断されているんです。GPS機能とかもカットされます」

「外部とは一切連絡が取れないと？」

「カジノ内にある固定電話は使えます。ただし、電話の前に警備員が座っていますが」

「ここで殺されちゃっても、しばらくは発見されないということだね」

神野は笑って見せた。

「殺されることはありませんから」

店長が、インターホンに指をかけようとした。

「ちょっと待ってくれ、季実子にだけは連絡しておきたい」

「わかりました」

店長が動きを止める。

神野は、季実子宛てにシャトー九龍のカジノに入るとメールを打った。季実子はキャバクラで仕事中のはずだが、すぐに返事があった。

【楽しんでね。きっと勝つわ】

「入りましょう」

神野の声に頷《うなず》き店長が、部屋番号を押す。観音開きの鉄の扉が、左右にぎぃという音を立てて開いた。

巨大金庫に飲み込まれるような思いで、足を踏み入れる。

中央が吹き抜けになっている構造だった。中庭のような一階の中心部に立つと、すべての階の四方が見渡せる。

外敵が乗り込んできた場合、全室の扉を開けて、真下の敵を迎撃できるということか。

吹き抜けのてっぺんを見上げると、透明な天窓になっていた。強化アクリル板であろう。藍色の空には星がなく、灰色の雲がゆっくりと流れていた。

その中庭的な空間を横切って、入口とは反対側にあるエレベーターに向かう。

このスペースを横切らなければエレベーターに乗り込めないというのも、防御法のひとつであろう。いまもどこかから見張られているような気配がした。ワンフロアに二十部屋。五階建てなので百室あるということだ。

エレベーターが下りてくる。鉄柵で囲まれた昇降機《ケージ》だった。エレベーターというより、荷物用のリフトと言った方がイメージに合う。

搭乗者の姿が外から丸見えなのだ。

ワイヤーの軋《きし》む音と共に、昇降機が上がっていく。三階で止まった。

「こちらです」

店長が先導してくれる。中央の吹き抜けに面した歩廊を、再びエレベーターとは真逆の方向へと歩く。歩廊の天井にはいくつもの監視カメラがあった。

たどり着いたのは『西三〇三』室。

店長がそこでまたインターホンを押した。扉が開く。畳一畳ほどの空間があった。さらにその向こうに黒い鉄扉がある。

「お手数ですが、横一列に並んでください」

店長が言った。

「記念写真でも撮るのか？」

右から店長、神野、ティナの順に横一列で並ぶと、正面の壁からシャッター音が聞こえた。X線撮影だ。空港の保安検査かよ。

「肺に白いものでも写っていたら、教えてもらえるか」

「お帰りにお持ちになっていただいて結構です。私とティナの骸骨写真も一緒に写っていると思いますが、お医者さんにおみせになる際は、ぜひ私たちの分も診断していただければ、と思います」

なかなか会話のセンスがある店長だ。

凶器になるものを持っていないと判断されたらしく、分厚い鉄扉が左から右へ開いた。厚さ五センチ。神野は確認した。

ジャズピアノが流れていた。緩やかなメロディだ。

広い。高校の教室二室分ぐらいある。ただし窓はない。

中央にルーレットとバカラの台が鎮座している。それぞれ客は十人ぐらいずつついている。

壁際にはブラックジャックの卓が五台。どの台にも客が三人ずつついていた。スロットはない。逆の壁際にはバーカウンター。バーテンダーがふたり立っている。どちらもバーテンダーにしては、厳《いか》つい顔つきだ。ふたりとも俠気《きょうき》の空気を纏《まと》っている。その空気を認めて、神野は、自分のオーラを消そうと努めた。極道には極道の空気が読めるものだ。

「三階の西側五室がすべてカジノです。扉の奥がハイローラー専門の個室で、そちらは実績を積んだお客さんだけになります」

店長がそう言い、片手をあげると、すぐに若い黒服が飛んできた。

「こちらのお客様をルーレットに」

「畏《かしこ》まりました」

言葉に訛りがあった。

「青森か山形の出身かい」

神野は黒服に聞いた。上野には東北のイメージがある。

「いえ、私、マカオです」

「そっちか」

ルーレットの席に進んだ。ディーラーは白髪の痩せた男だった。様々な色のチップが並んでいる。

「換金は、バーカウンターで。この部屋のミニマムレートは一枚千円からです。飲み物、軽食も無料です」

店長に促された。なるほどバーテンダーは金庫番でもあるわけだ。顔つきが厳しい。

神野はカウンターに進み、一万円札を十枚置いた。昨夜、季実子から慰謝料として貰ったものだ。

「お飲み物はなにか?」

バーテンダーが、カウンターの下でチップを数えながら聞いてきた。

「バーボンをロックで。銘柄は何でもいい。どうせわからないんだから」

神野は徹底して素人を装った。

「へい。飲み物は、そこの女に席まで運ばせます」

黄色と黒のタイガー模様の円チップを三列積み上げ、一番上に一枚乗せた。一枚千円のチップ百枚だ。

両手で抱えて、ルーレット台へと戻る。

「それでは、私はここで失礼します。ティナは残していきます。帰りに朝飯代ぐらい渡してやってください。すぐ近くの寮に住んでいるので、タクシー代はいりませんから」

店長は愛想笑いを浮かべて帰った。

神野は、勝負の場についた。台を囲む客たちは中年の男ばかりだった。上野、浅草、両国の旦那衆のようだ。それぞれ単独数字や、数字をまたぐラインの上に、三枚、五枚と張っている。二ケ所から三ケ所に張っている。海外のカジノリゾートで遊ぶ観光客と違って、赤と黒や奇数と偶数に張っている客はいなかった。

空気は張りつめていた。

闇カジノのほうが、鋭い勝負といえる。

張られたチップの総数は、百枚といったところだ。ルーレットが回転し、玉が投げ込まれると、ほぼ十秒で決まるゲームに十万円だ。

十七番と周辺に、チップが集まっている。初心者が多いということだ。

グリーンの台に一から三十六までの数字が並んでいる。ほかにゼロとゼロゼロがある。その三十八枠の中で、中心はどうしても十七から十九に見える。人は中心に心理的な安心感を持つ。中心数字がヒットする確率が高い印象を持つ。逆に隅にある一や三十六は確率が低いと感じる。

大いなる錯覚だ。

回転するルーレットにある数字はいずれも一つで、その確率は平等である、しかもゼロゼロから三十八まで順に並んでいるわけではない。赤と黒は交互だが、数字はランダムである。

どこに入るかの確率は平等である。

神野は、空いている二と三十四と奇数に二枚ずつ張った。小心者の張り方だ。

チーンとコールベルが鳴り、ディーラーが日本語で『そこまで』と言った。誰もが手を引っ込める。回転するルーレットに玉をドロップした。

何度かバウンドして、どこかの数字に玉が落ちた。神野の位置からは見えない。

ディーラーがグリーンのウールマットの上に、ゴールドのウインマーカーを置いた。

出目は『十一』。囲んでいる客たちからため息が漏れる。

ジャストに張った客はいなかった。レイクと呼ばれる熊手で、チップがかき集められていく。神野は奇数のみ勝った。二枚が足されて戻ってくる。四枚のロスと二枚のバックだ。

ティナが、ロックグラスを持って後ろに立っていた。受け取って、カウンターで待機するように言った。チップを五枚渡す。女がそばにいると勝負に集中できない。

そのまま、七ゲームほど、続けざまに張った。

結果は三十分で五万円のロスだ。そんなものだ。

隣に座っていた客が立ち上がった。チップ切れのようだ。カウンターで一万円札を数枚出している。五万円程度の追加だ。コークハイのグラスを持って、ソファ席に座った。休憩らしい。煙草を取り出した。

マールボロだった。

神野は腰を伸ばしながら立ち上がった。胸ポケットからメビウスを取り出し、男に接近した。

「初めてでして、からっきしだめですね。ここいいですか？」

男の前のソファを指さした。

「どうぞ。あたしも今夜は仏滅ですな」

上野の古老らしい、落語家のような物言いだ。

「よくいらっしゃるんですか」

「まぁ、月一ってとこですか。年間トータルで二百万はやられていますなぁ。まぁ、まぐれ当たりの時は、一晩でそのぐらいいけるんで。あたしぐらいの歳《とし》になると、吉原《よしわら》方面はもうぜんぜんで、パチンコもホールが喧《やかま》しくていやになります。競馬は推理するのがややこしい。結局、こういうところで遊ぶぐらいしか道楽がなくなりましてね」

下町の小金持ち。そんなところだろう。

「向こうの個室では遊ばれないんですか？」

「とんでもないですよ。あちらは、一回のミニマムレートが十万円。一晩一千万円単位で遊ぶ客たちばかりですよ。あたしらみたいな、せいぜい三十万の小金で遊ぶ者には、ムリムリ」

古老は煙草の煙を吐き出しながら、ゲラゲラと笑った。情報になった。

煙草を吸い終え、共にルーレット台に戻った。この男もルーレットと決めているらしい。

それから一時間ほど打ち続けた。結果は全額吐き出しだった。隣の爺さんも同じだった。午前零時を回った。だが、二度続けてジャストヒットしている客もいる。

五枚《五千円》張って、三十六倍だ。一発で十八万のバックだ。二回で三十六万。

確率は三十八分の一と決まっている。競馬や競輪よりも確率は高い。

「あたしゃ、これで」

爺さんが帰っていった。帰りは簡単に扉が開く。神野は、カウンターでさらに両替した。十万円だ。

「これをすったら、クレジットカードを使うしかないな」

ひとりごつように言って、台に戻る。

場について三巡目、神野は三枚張りの二十三をヒットさせた。十万ちょっと引き戻す。まだ粘れそうだ。

一進一退を繰り返し、また一時間が過ぎたところで、奥のハイローラー専用の扉が開いた。身なりのいい中年男がふたり出てくる。

一人は小太りで銀縁眼鏡をかけている。実業家風だ。もう一人は精悍《せいかん》だった。ゴルフ焼けした顔とスポーツ刈り。

「また負けたが、まぁこれは軍資金だと思ってくれよ」

小太りの男が言った。

「いやいや、磯崎《いそざき》社長の剛毅《ごうき》な張り方は恐れ入ります」

磯崎社長？

「だが、当たったためしがないよ」

「いや、いや、懲りずにまたお願いします。一発来たら、地上げよりも大きな勝ちですよ」

ゴルフ焼けの男が言う。

「それより社長に伝えてくれ。そっちの情報通りだったら新宿は急ぐと」

「わかりました。自分も副社長に昇格したので、気張ります」

「前副社長の桐林君、交通事故なんて残念なことをしたね」

そんなことを言いながら、ふたりは出て行った。

神野は聞き耳を立てながらも張り続けた。その間、十枚張って全部すった。だが、その後も、張り続けた。ほかの客も帰らない。しばらくして奥の部屋から、ボストンバッグをぶら下げたディーラーが出てきた。カウンターのバーテンダーのひとりにバッグを渡す。

「一発でコレだ。しかも一点張り。緊張したぜ」

ディーラーは指を二本出した。ボストンバッグのサイズからして二千万ということだろう。

神野はすぐにでも検索したい気持ちにかられながらも、さらに一時間勝負に挑んだが、磯崎についてあれこれ想像していたために集中力を欠いて、どんどん負けた。

午前三時。退店した。ティナと一緒にファミレスに入った。自分も小腹がすいていたからだ。ティナはイタリアンハンバーグ。自分はタンドリーチキンセットにした。

ティナがドリンクバーに行った隙に、黒井にメールを打った。

【①　磯崎社長。小太り。銀縁眼鏡。六十歳過ぎ。新宿急ぐの発言あり】

【②　上野の狙い目は『シャトー九龍』】

　これで、おやっさんは、理解する。

　ティナが戻ってきた。この女をどうやって食うべきか？

「ユーいつまで、日本にいるのか？」

「ノー。ネクストウイーク、マニラにリターンよ。二か月いて、そのあとマカオのパブで半年、来年秋にはアサヒカワね。寒いところノーサンキューだけど、シカタナイネー」

「マニラに遊びに行ってもいいか。プレゼントをたくさん持っていく」

「あなた、それ本当か？」

「本当だ。恋をした」

「口、チョコレートね」

「ハートはホットスパだ」

「私のプライベートナンバー教えるよ。ほんと、マニラに来る？」

「必ず行く」

　これで次の手が打てる。

5

十月下旬の良く晴れた日の午後だ。

『矢車商事《やぐるま》』の社長矢車圭祐《けいすけ》は、経営コンサルタントの松川季実子に案内されて新宿五丁目の商店街に来ていた。

出会ったのは一年前。帝都ホテルで開かれた与党政治家のパーティだった。義理で買ったパーティ券だ。

季実子はパーティの中で目立っていた。財界人やら政治家がさかんに声をかけていた。

矢車もなんとなく色香に誘われて、声をかけた。

経営コンサルタントだと言っていた。

『ラブホテルやキャバクラなどの顧問が多くて』と苦笑いをしていた。その手のクライアントだと堂々という潔ぎよさに好感をもった。簡単に落ちる相手でもなさそうだったので、早々に切り上げた。コンパニオンを口説いたほうが早いと思ったからだ。

そう、あの夜はコンパニオンのひとりとうまくしけこめたのだ。コトミという女だ。彼女は季実子のことは他の会場でもよく見かけると言っていた。有名政治家の女ではないかと言う。

下手《へた》に手を出さなくてよかった。

矢車は今年で六十になる。禿《は》げ頭だ。女にはもてない。常に金で寝てきた。女にもてない分、仕事では儲《もう》けてきた。正直、阿漕《あこぎ》な商売だ。不動産の仲介。主に転がし屋である。

購入するときには、すでに売り先を決めてある。利ザヤだけを抜く商売だ。他にも宝石の仲買をやっている。これも売り先を決めてから、商品を探す商法だ。裏では金の貸し付けもやっている。

季実子のことなど、すっかり忘れていたが、先週突然メールがきた。

新宿五丁目に六億五千万の売り物件があるという。

実は、ひと月ほど前に、中野《なかの》にある飲食店専門の開発会社『エリザベス開発』から、新宿の地上げが出来ないかという打診が入っていた。矢車が使っている司法書士を通じてのことだ。

「ここですよ社長」

季実子が指をさしたビルは『宮園酒店』と古びた看板を掲げている。もう誰も住んでいないと見える。

商店街はすっかり寂れていたが、土地の形は申し分なかった。駐車場も含めて、長方形の使いやすい土地だ。

「売り抜けられそうだな」

先ほど法務局で登記簿謄本を取ってきた。所有者は宮園幹也。遺産相続人だ。季実子は、所有者と投資セミナーで知り合ったという。いわゆる資産運用で暮らしている男で、今回はニューヨークの物件を購入したいがために、相続物件を手放したいらしい。

宮園の情報は登記簿謄本と写真しかまだないが、ゴーをかければ、季実子が先方に打診するという。

と、そのとき、二階の扉があく音がして、脇にある階段から、大きなボストンバッグを持った女が降りてきた。

季実子がすぐに声をかけた。

「あの宮園さんですか？」

「いいえ。友人です」

女は驚いたような顔をした。

「あの、私、宮園さんから、ここの売却の相談を受けている者ですが」

季実子が名刺を差し出した。矢車ももらったことのある名刺だ。オフィスは根津のオフィスビルとなっているはずだ。

「あぁ、彼から聞いていますよ。でも、もう決まったようなこと言ってましたが。それで私、彼に頼まれて、子供の頃のアルバムとか取りに来たんです」

「あの宮園さんは、いまは？」

「ロンドンに行っていますよ。来週帰ってきます」

「おかしいなぁ。私が先週聞いた時には、まだどこも決まっていないって」

季実子がため息をついた。

「私には仕事のことは全く話しませんから、詳しいことは知りません。私の勘違いかも知れないですね」

女はいかにも清純そうな笑顔を浮かべた。友人ではなくて、本当は彼女だろう。

「あの、宮園さんて、この人で間違いないですよね」

季実子がスマホに、画像をタップした。この男も笑顔だ。

「はい、彼です」

「あの、すみませんが彼のアルバムって見せていただけませんか」

季実子が食い下がった。

「いやですよ。あなたは彼のなんなんですか」

女はいきなり不機嫌になった。立ち去ろうとする。

「私、土地の仲介者です。こちらにいらっしゃる方は、購入希望者です。本人の顔を確認したいだけなんです。ご迷惑はおかけしませんので」

土下座せんばかりの勢いで言っている。こういう場合、女同士のほうが強い。

「アルバムはお見せできません。これは彼のものです。ですが、私のスマホにある宮園君の画像ならいいです」

筋の通ったことを言う。

「それでもかまいません」

季実子は安堵《あんど》の表情を見せた。

女はスマホをタップして、数枚の画像を示した。季実子が示した顔の男と目の前の女が並んで写っている画像ばかりだ。

間違いないだろう。

「もういいですよね。あの、松川さんにお会いしたこと、宮園君に話してもいいですよね。写真を見せろって言われたって」

女は声を尖《とが》らせた。

「不愉快な思いをさせて申し訳ありませんでした。もちろん、お伝えしていただいて構いません。私からも、メールで非礼をお詫《わ》びしておきます」

季実子は深々と頭を下げた。

宮園の彼女と思《おぼ》しき女と別れた後に、季実子と近所に聞き込みをした。宮園酒店は、もうずいぶん前に閉店して事情を知る者はほとんどいなかったが、コンビニ店員が、何度か見かけたことがあると言っていた。

「松川さん、まだ間に合うようなら宮園さんに打診してもらえませんか。六億五千万なら出しますよ」

急いだほうがよさそうだと思った。

矢車は、早く浅草の社に戻って、エリザベス開発と話をまとめておこうと思った。

「ゴーということになったら、うちの司法書士を使うということでよろしいかな？」

これは重要なことだ。

どっちの土俵で取引をするかということに通じる。

「もちろんです。私の方は、不動産会社ではありません。社内に宅建の資格を持っている人間もいませんので。私は宮園さんから、のちのちコンサルティング料をいただくことになります」

「もっと他にもビジネスを計画しているんじゃないのかね」

矢車は聞いた。

「共同投資を考えているのは事実です。ですが、その内容は申し上げられません」

きっぱりと言いやがった。

「ま、この取引が終了したら、一度食事でも奢《おご》らせてくれよ。儲け話があったら、わしも乗りたい」

「共同投資のお話なら、喜んでお受けしますが、それ以外のお付き合いをする気はありませんので」

さらにきっぱり言われた。

女は二種類しかいない。

やらせる女とやらせない女だ。

季実子はやらせない女だろう。やはり深追いせずに、商売に徹することにしよう。

第五章　ブラックバトル

1

一週間後、季実子から連絡が入った。

「宮園幹也の国内での住所がわかったわ。一幕目が終了。いよいよあなたの出番。もちろん、商店街に入り込んだ役者の演技は続行」

鶯谷《うぐいすだに》の喫茶店で対面するなり、季実子が言った。

ラブホ街の中にある店だ。

夕暮れ時だった。昭和の匂いたっぷりな個人経営の喫茶店だった。デリヘル嬢と思《おぼ》しき女がふたり、女性週刊誌を読んでいる。

「これが、本郷君が手に入れてきた契約書。契約相手は宮園幹也。住所は世田谷《せたがや》区よ」

神野は契約書を受け取った。世田谷区深沢《ふかがわ》二丁目とある。

「午後にコトミが、このマンションを探りに行ってきたわ。駒沢《こまざわ》オリンピック公園の近くにある巨大マンションよ。宮園幹也名義のネームプレートを確認してきたわ」

季実子が頼んだ生クリームがたっぷり入ったチョコレートパフェが運ばれてきた。見ているだけで、胸やけしそうな毒々しさだ。

神野はブレンドコーヒーだ。ネルドリップしているそうで、こいつはうまかった。

「三十六歳になった顔は、どんな感じなんだろうな」

「それがね、このマンション、十三棟もあって、七百世帯も入っているから、各棟の管理人ですら、個々の居住者の情報なんてないみたい。宮園と同じP棟に賃貸が一室空いていたから、あなたここに住んで」

「住む？」

「そう。宮園っていう苗字《みょうじ》で住むのよ。同姓なんて、世の中にはいくらでもいる。うちの店の法人名義で借りるわ。あなたは、そこで宮園という名前で、住むだけでいいの。周辺に顔を売って」

「宮園は俺だっていう印象付けをするわけだな」

「そういうこと。それと、まもなく印刷屋と法律屋が来るから」

季実子が、チョコレートパフェを嬉《うれ》しそうに食べ始めた。

「印刷屋と法律屋？」

神野は首をわざと傾《かし》げた。こちらも極道稼業で生きている。印刷屋、法律屋、情報屋、武器屋は裏社会の重要なバイプレイヤーだということはよく知っている。

「印刷屋は、費用を潤沢に使わせたら、たぶん偽札も作れる名人。二十年ぐらい前までは、日暮里《にっぽり》でオフセット印刷の店を開いていたらしいけど、パソコンのセルフプリントに押されて店は廃業。偽造屋に転向したというわけ。宮園幹也名義の偽造運転免許証の写真を撮りにくるわ。法律屋のほうは、司法書士事務所の女事務員」

「写真は、ここで撮るのか？」

あたりを見渡しながら聞いた。

「すぐ近くの撮影場所に行くわ」

季実子は、チョコレートパフェにスプーンを走らせた。神野もブレンドコーヒーを飲み干した。

先に法律屋が現れた。

司法書士事務所の女性事務員と聞いて、地味な中年女が現れるのかと思ったら二十代後半と思われる女だった。ほぼ季実子と同世代だろう。女は濃紺のブルゾンにホワイトジーンズ。髪はポニーテールに縛っていた。

「晴香《はるか》、今日は女子大生風っていう設定で仕事なんだ」

季実子がナプキンで口の周りを拭きながら言う。

「そんなこと大きな声で言わないでください。これうちの先生の職責ということで、取り寄せた宮園幹也の戸籍謄本と住民票です。一応相続手続き代行を受任したという形をとっています」

晴香は立ったまま司法書士事務所の名前が入ったA４サイズの封筒を渡した。

季実子は封筒の口を開け、中身を覗《のぞ》いた。

「ありがとう。これ報酬」

季実子が晴香に一般サイズの封筒を差し出した。それほど厚くはない。せいぜい十万。

「また、よろしくお願いします。うちの先生、全然気が付いていませんから」

晴香は笑窪《えくぼ》を浮かばせてクルリと背を向け、喫茶店を出て行った。ドアについたカウベルが、けたたましく鳴った。妙に懐かしい音だ。

「あの娘《こ》ね、大学生時代、アッパーグラウンドにいたの。その頃に知り合って、司法書士事務所に就職してくれたんで助かったわ。キャバクラって、客だけじゃなくて、キャストも人材の宝庫なのよ。いろんな将来性を持った娘たちが、一時的に通過していく場所、それがキャバクラ」

「いまは、さらに違うバイトをしているようだが？」

「お昼に本業を持ってしまうと、夜のレギュラーは難しいのよ。単発で働くならデリのほうが、稼げるからね。あの根性があれば、晴香は必す、司法書士になれると思う。そしたら、マジ、使えるよ。だから今から修業させているの」

季実子が、唇にカラーを走らせながら言う。

「素晴らしいリクルートシステムだ」

またドアのカウベルが鳴った。懐かしい音と共に昭和の彼方から帰ってきたような灰色の作業服を着た禿《は》げ頭の老人が現れた。八十歳を超えているように見える。昭和の映画に出てくる下町の町工場の社長そのものの雰囲気だ。

「権藤《ごんどう》さんよ」

季実子が敬意を表するかのように立ち上がった。つられて神野も起立した。

「今回の主役はこの人かい？」

「ええ、本名は井出政宗さん」

季実子が神野をそう言って紹介した。その瞬間、権藤は不機嫌そうに眉を吊《つ》り上げた。額が皺《しわ》だらけになった。

「役者の本名なんて、わしにはどうでもいい話だ。知りたくもない」

「そうですね。余計なことを言いました」

季実子が詫《わ》びた。権藤が神野の横に腰を降ろす。

「ネームは上がっているのか？」

ネーム？　神野にはわからない符牒《ふちょう》だ。

「これです」

季実子が先ほど、晴香から受け取った封筒を差し出す。権藤が中身を引き抜いた。戸籍謄本と住民票が現れた。権藤は素早くスマホを取り出し二枚の公文書を撮影した。写し終えると季実子に返した。

「宮園幹也だな」

「そうです」

季実子が答えた。

権藤が、不意に神野のほうを向いた。刑事のような眼光だ。

「あんた、このネームの要素、もう暗記しているんだろうな」

「いえ、まだ、中身は見ていませんので」

神野は、唖然《あぜん》とした。

「この人、まだ新人で。セリフ入れは、これから指導するところです」

季実子がフォローするように言った。

「ふん。いくらいい小道具を揃《そろ》えてやっても、役者がボンクラだと芝居は、破綻する。大丈夫か、あんた？」

権藤がぎょろめを剝《む》いた。いかにも値踏みするような視線だ。

神野は沈黙したまま、権藤をじっと見た。本能的に背中から俠気《きょうき》が上がりそうになる。それは、まずい。神野は、目を瞬《しばた》かせた。

「そんなこと言われても、俺、よくわかんないですよ。いや、別に俺、降りてもいいですけど」

すっとぼけて、そう答える。

権藤がにやりと笑って、季実子に向き直った。

「これはいい。本当に素人《しろうと》だ。季実子ちゃんの言う通り、はまり役のようだ」

権藤は膝を打った。

季実子も親指を立てて微笑《ほほえ》み返す。

「権藤さん、コーヒーとかは？」

「そんなものは要らねぇ。早速仕事に入ろうか」

権藤が立ち上がった。季実子はテーブルの上に三千円置くと、権藤に続いた。

「ネームって何のことだ？」

店を出て、歩きながら神野は季実子に聞いた。

「印刷屋の用語で『文字』っていう意味らしいわ。運転免許証に入れる文字要素。つまり氏名、現住所。それにICチップで本籍地も組み込んでくれるのよ」

昔の運転免許証の表面には本籍地も記載されていたが、今は、表面表記からは外れている。だが、ICチップで埋め込まれており、自分では読み取ることが出来ないが、運転試験場の読み取り専用機の上に置くと、浮き上がってくる仕組みだ。実はこれが偽造防止になっている。この爺《じい》さんは、その情報まで埋め込む腕があるらしい。

およそ権藤というのも偽名だろう。

喫茶店を出て、五分ほど歩いたところで、権藤はいきなりゲームセンターへ入った。

耳障りな電子音の鳴り響く店内の奥へと進む。黒の蝶《ちょう》ネクタイにベストを着た店主が、権藤に近づいてくる。白髪。七十歳ぐらいに見えた。

最奥の壁際にプリクラ機が二台並んでいた。

「右のほうへ入ってくれ」

権藤に指示され、神野は右側の黒いカーテンを開けた。

普通のプリクラ機のように見える。

「眼鏡《めがね》はいつもしているのかい」

権藤に聞かれた。

「はい」

「なら、したままでいい。ブルーバックで、顰《しか》め面でボタンを押せ。あとは俺が修正する」

神野は眼鏡のまま、スイッチを押した。こんなものを撮るのは、高校時代以来だ。こっぱずかしい。

確かに、運転免許証に載せるような写真がシールになって出てきた。

「撮りましたが」

プリントシールを持ったままカーテンの外に出る。

「それは記念に持って帰れ。あとは俺がここからデータをもらって、処理をする」

権藤は店主に目配《めくば》せした。

店主がズボンのベルトにチェーンで繋《つな》げてあるキーを片手に、カーテンの中へと消えた。ものの数分で、メモリーカードを持って出てくる。

「どうぞ」

店主が権藤に渡す。季実子が茶封筒を渡す。これもさほど厚くはない。

「どうもありがとうございます」

店主が封筒を素早くポケットに押し込みながら続ける。

「他に写っているものは、必ず消去してください。この中でおっぱいを見せたりフエラシーンを撮っている男女も結構いるんです」

「足がつく真似《まね》はせんよ」

権藤が答えた。

店主は「それでは」と言って、奥の扉の向こうへと消えていった。

三人で店の外に出た。

「明朝、さっきの喫茶店に届けておく」

ちょうど通りすがったタクシーを止め、権藤は去っていった。

「今日、鶯谷《ここ》で出会った人たちのことは詮索しないことね。スタッフは仕事ごとに替わる。あの人たちとまた出会うのはいつのことかわからないわ」

季実子が夕陽《ゆうひ》に照らされた鶯谷駅を眺めながら言う。

「二度と顔を合わせたくはないがね」

つい本音が口から零《こぼ》れ落ちた。詐欺は極道の本道ではない。所詮、外道の稼業だ。

「明日午前十時。三軒茶屋《さんげんぢゃや》に集合ということで」

それが何のための待ち合わせなのか知らないが、神野は無言で頷《うなず》いた。芝居はすでに始まっているのだ。神野にとっては劇中劇の出演となる。踊っているふりをするのが、得策だ。

季実子とはそこで別れた。

ティナの店へ出かけることにした。入れ込んでいるという気持ちを見せたい。

2

午後二時。

「磯崎誠二郎《せいじろう》？」

黒井健人は、ホテルの自室で、パソコンに浮かぶ七菱《しちびし》地所の社長の画像を眺めながら、ふぅう、と長い息を吐いた。

ため息のように吐いたが、実は喘《あえ》ぎ声でもある。

フェラチオされながら、パソコンを操作しているのだ。レザーパンツの股間から逸物を屹立《きつりつ》させている。

「五年前までは七菱重機の社長だったそうよ。聞いて驚いたわ」

デスクの下から沢井由梨花《ゆりか》の声がした。

【磯崎社長、小太り。銀縁眼鏡。六十歳過ぎ。新宿急ぐの発言あり】

という神野からのメール内容をこの女に振ってみたのだ。自分であれこれと検索してみたが、手ごたえがなかったからだ。

二時間前に、由梨花に打診してみると、いきなり部屋にやってきた。

一か月振りに、やりたいという。

そういう仲だが、性急すぎる。

由梨花は表向きは歌舞伎町に本社を構える龍王《りゅうおう》出版の記者。暴露雑誌『週刊ジッピー』のグラビア担当をしている。

だが、実のところは、警視庁公安部の歌舞伎町潜入員だ。

龍王出版自体が公安の隠れ蓑《みの》出版社だ。

由梨花とは二年前の中国マフィアの歌舞伎町乗っ取り事案で、偶然同じ事案を追い、最後の大詰めでコラボした。

それ以来、情報を交換し合うようになった。

今日は、黒のスカートスーツを着ていた。

由梨花のエロ抜きにもこうして時々付き合っている。潜入捜査員が最も気をつけなければならないのは、敵のハニートラップだ。

また自分たちも色仕掛けをやるぶん、肉体的な快楽と理性のバランスを保つには、相当な精神力がいる。

黒井の腹心の部下である神野も今、その煩悩の狭間《はざま》にいるはずだ。セックスのチャンスが山のようにあるのに、体に入れた刺青《いれずみ》を見せないために、着衣セックスばかり強いられているのだ。男にとってこれは大変なストレスだ。

由梨花も同じだ。

寝るぎりぎりのラインまで、男を引き付けて情報を取っている。時には股を開く。だがその時も、必死で演技し続けなければならない。潜入員として一番怖いのは、やった後に眠りに落ちてしまうことだ。

由梨花も常にその緊張感の中にいる。

たまには、思い切り声をあげ、心ゆくまで腰を振り続けたい。されどその相手は限られる。

同業者。しかも潜入捜査員同士ということになる。

俺だ。

「磯崎社長で、すぐに反応したということは、そっちも何か追っているということだろう」

黒井は、パソコンのキーボードを操作しながら聞いた。

自分のほうの捜査の筋道は、これでほとんど見えたも同然だった。上郷組のクライアントが七菱地所というところで、すべての辻褄《つじつま》が合う。七菱建設の社長を兼ねているのはそれに付随した工事利権も併せて獲得しているのだろうから、さらに納得できる。

だが、公安も動いているとすれば、それはなんだ？

公安が、地面詐欺や極道の抗争を追うはずがない。

「ねぇ、神野さんは、何を追っているのよ」

床に跪《ひざまず》き、亀頭を舐《な》めている由梨花のバストを、黒井は足の甲で揺さぶった。

「俺の方が聞きたい。公安はなんで、出張《でば》ってきている」

「何も……ないわよ」

亀頭の裏側に執拗《しつよう》に舌を這《は》わせながら答えた。

噴きこぼしそうだ。

こんな時は、放出してしまったほうがいい。

黒井は、由梨花が、唇を亀頭から離した瞬間を狙って、ビュンと飛ばした。

「いやんっ」

美貌に汁をぶちまける。

さっぱりした。

「歌舞伎町と上野で、バトルが始まっている。俺たちは極道の覆面《カバー》を被《かぶ》っているんだから、潜り込むのは当たり前だ。すべてを捜査に結び付けるな」

射精すると、やはり頭がクリアになる。明快な言い訳をつけた。

それに対して、由梨花の目はとろんとしていた。

ハンドタオルで顔を拭きながら立ち上がった由梨花のスカートを捲《めく》り上げた。黒のパンティが現れた。そいつを一気に、膝の下まで下げる。むわっとおまんこの甘い匂いが立ち上ってきた。

正面に立たせて秘裂に指を潜り込ませる。黒井は座ったままだ。

「ああ、ずるい」

クリトリスの周りを、人差し指の腹でなぞる。くちゅくちゅとやる。

「んんん」

包皮の中から肉芽が起き上がってくる。

皮を上げ下げして、摩擦してやる。

「ぁあぁあ。一回、昇《い》かせて！」

由梨花が激しく尻を振った。淫蜜が飛び散る。

黒井はさっと指を引いた。

「えっ」

由梨花の顔が曇った。

黒井は両手を回して、尻を撫《な》でながら聞いた。

「公安は七菱のどこに着眼している？」

「そんな」

「七菱商事か銀行に工作員でも入り込んでいるのか？」

七菱は日本を代表する巨大企業群を形成している。旧財閥企業の盟主でもある。

七菱化学や七菱工学などの最先端技術は世界のトップレベルだ。

ゆえに、常に産業スパイの的にされている。

「中国系の社員をすべて疑うわけにはいかないわよ」

由梨花の内腿《うちもも》に、白い粘液の糸が幾筋も引かれていた。

黒井は指を伸ばし、その蜜の溢《あふ》れる孔《あな》に挿《い》れた。人差し指と中指の二本を挿し込む。

「んんんっん」

少しぬるくなった葛湯《くずゆ》のような感触だった。ぷしゅぷしゅと出し入れしてやる。

「あんっ、あっ、すぐ昇きそう！」

淫層がきゅっと窄《すぼ》まった。その瞬間に、黒井はまた指を抜いた。

「あぁあああああああああっ、だめぇえええ」

由梨花が、自分で秘孔を掻《か》き回そうとした。その両手を奪い取る。

「七菱は何をやっている！」

黒井は、両手を抑えたまま、怒鳴った。

「七菱ではなく、磯崎個人のシンジケートよ」

「どういうことだ？」

「指だけじゃだめっ。ちゃんと挿入して！」

由梨花の手が肉茎に伸びてきた。ぎゅっと握られる。射精したばかりだ。くすぐったくて、ぶるっと震える。

先に出したのは失敗だった。

ベッドに移動して、由梨花を裸にしながら時間を稼いだ。

ようやく勃起して、ぐさりと刺してやる。快感に酔いしれてのたうち回る由梨花とは会話にならなかった。

黒井もしばし肉交に没頭した。

終わって、由梨花が打ち明けてくれた。磯崎は十年前から、とんでもないことをやっていた。

「七菱重機が？」

一戦を終え、汗まみれになった体をバスタオルで拭きながら、黒井は聞き直した。

「でも、それ自体は、不正でもなんでもなく、正式な輸出であるわけ。途上国の開発援助と言えばそれまでよ。とくにフィリピンは東南アジアにおける、最大の友好国よ」

「詳しく聞かせてくれないか。こっちの情報も出す」

「その前に、もう一回」

由梨花が抱きついてきた。

しょうがねぇ。黒井は顔を顰《しか》めた。

3

神野は、東急田園都市《とうきゅうでんえんとし》線三軒茶屋駅で降車し世田谷線の駅舎前で季実子を待った。午前十時にまだ五分前だ。

昨夜は、ティナに再びシャトー九龍に誘われたがそれは断り、マニラで会う段取りを立てた。

ティナの父親はマニラで土建屋を営んでいるそうだ。主にジャングルの開発だという。三人いる兄たちも家業を手伝っている。

ティナと姉と妹は、日本、香港《ホンコン》、マカオ、シンガポール、マレーシアでメイドやホステスの仕事をして仕送りしているのだという。

典型的なフィリピンのファミリーだ。

甘い囁《ささや》きが効果をもたらしたようで、ティナの口は滑らかになった。セックスを求めなかったのも、好感度をあげた。

背中のタトゥーを見せられないので、そこに持っていけないだけのことだが、これがむしろフィリピーナ相手にはうまくいっている。

シャトー九龍はやはり上郷組の米びつで、あのビルに入っているすべてが、上郷組の直営店で、闇カジ以外は、午前零時に閉めていることがわかった。

整理して黒井にメールをしたい。

午前十時を少し過ぎたところで、季実子がタクシーでやってきた。先日北急ホームズに出かけたときと同じ、地味なスカートスーツでやってきた。

「世田谷線って乗ったことある？」

「ないな。どこへ行くんだ？」

「味のある電車よ。行き先は松陰《しょういん》神社前。統一料金の百五十円」

季実子が改札口を通りながら言う。

軌道線。いわゆる路面電車というやつだ。乗ったことはないが、環状七号線を車で走っていた時に、若林《わかばやし》踏切で、何度か横断していく緑の電車を見たことがある。

「東京さくらトラム（都電荒川《あらかわ》線）とこの世田谷線だけが東京に残る路面電車なの」

季実子は電車に乗り込んだ。

バスのような感覚だ。住宅街を揺れながら走り、三軒茶屋から三番目の駅にあたる松陰神社前で降車した。

「神社に必勝祈願に行くのか？」

「違うわよ。世田谷区役所よ」

「区役所？」

「そう、実印紛失による印鑑登録の再登録願い。これがそのセットよ」

歩きながら、季実子が自分のトートバッグから紳士用のセカンドバッグを取り出し、神野に差し出してきた。

受け取り、中を覗く。

運転免許証と真新しい印鑑が入っていた。運転免許証を取り出してみた。神野の顔写真が掲載された宮園幹也名義の運転免許証だ。どう見ても本物だった。権藤は確かに名人らしい。

「免許証番号は偽物だけど、その場で確認されることはないわ。控えられるだけ。照合されるとすれば、捜査が開始されてからだわ」

「捜査されたら？」

「たぶん、立件されない」

季実子は自信ありげに笑った。どういう手を使う気だ？

印鑑登録窓口は空《す》いていた。証明書の発行は、登録カードがあれば各種証明書発行機で済ませることが出来るからだ。

「実印と登録証を紛失したので、まず現在の印鑑の登録を抹消し、新たなものに登録し直したいんだが」

神野は依頼書を差し出した。現住所を書いてある。住民票にあった本物の宮園幹也の部屋番号を入れる。

「ご本人と確認出来る写真入りの身分証明をお持ちですか？」

白のポロシャツを着た四十歳ぐらいの職員が愛想笑いを浮かべている。神野は、運転免許証差し出す

「はい、どうも。番号を控えさせてもらっていいですか」

「どうぞ」

職員はメモ用紙に免許番号を控えると、ほんの一瞬、神野の顔と、写真を見比べて、頷いて見せた。「ちょっとお待ちくださいね」と続けて、脇にあったパソコンのキーボードを操作しだす。

依頼書にある氏名と住所で、検索をしているようだ。ほんのわずかだが背筋に緊張が走る。

「抹消するのは、こちらで間違いありませんか？」

ディスプレーをクルリとこちらに向けて、画像を見せられた。

シンプルな印影だった。宮園という漢字二文字がはっきり読み取れる。

「間違いありません」

職員は、再びキーボードを操作した。消したようだ。

「それではあらたに登録する印鑑をここに押してください」

神野は頷き、台紙に季実子から受け取った印鑑を捺印《なついん》した。象牙《ぞうげ》ではないが黒水牛のそれなりに立派な印鑑であった。本物の宮園が登録したものよりも、直径が大きい。印影だけを見ればこちらの方が立派だ。

「はい。ご苦労さまです。登録カード用の暗証番号をここにお願いできますか」

小型のホワイトボードに四桁の数字を書き入れると、職員はその数字を眺めながら、キーボードを打った。打ち終えるとホワイトボードの数字はすぐに消した。

「登録カード、十分ほどで出来ますから。カードが出来たら証明書は、自動発行機でお願いします」

実際には十分もかからなかった。宮園さーんと呼ばれて、カウンターに戻ると、真新しい印鑑登録証カードを受け取ることが出来たのだ。

神野はすぐに自動発行機に進み、五枚ほど印鑑証明書を発行した。

季実子は待合席の後方で、女性週刊誌を読みながら待っていた。一部始終を見ていたはずだ。

「これほどあっさり、印鑑証明が取れるとは思っていなかった」

本音だ。

「運転免許証は偽造でも、印鑑証明書はそれが本物。当人が持っている印鑑は、すでに効力がないわ」

「印鑑に関する限り、俺の持っているのが本物だということだな」

当の本人が全く知らぬ間に、実印がすり替えられているわけだ。

「そういうことよ。そして不動産取引では、実印の効力が物を言うわけ。本人が、実印を押した。このことが重要なわけよ」

区役所の外に出た。

空は曇っていた。

「三軒茶屋で、もうひとつ付き合ってもらうわ」

季実子は松陰神社前駅へと歩き始めた。

「今度は何だ?」

「新宿五丁目の物件の持ち主があなた本人だと証明するのよ。買い手の会社の司法書士と公証人役場に行って欲しいの」

「そこで何をするんだ?」

「公証人による本人確認という作業」

電車の中で、レクチャーを受けた。いよいよ完璧に本人に成りすますための最終手続きだった。

世田谷線で、三軒茶屋へ戻り、キャロットタワーまで歩いた。一階の小洒落《こじゃれ》た食料品店の前に立っていた白髪の男が、季実子を認めると、軽く会釈した。

「本物の司法書士よ。この局面では本物を使ったほうがいいの。井出さん、ここからは、完全に宮園幹也に成りすますのよ。いいわね。なんでも彼の言うことに頷き、その通りにして。彼にはすでにあなたの写真を渡してあるの。新宿での聞き込みでは、うまく役者にはまってくれたわ」

「わかった」

「榎本《えのもと》さん。お待たせしました。こちらが所有者の宮園さんです」

季実子も満面に笑みを浮かべて会釈を返す。

「初めまして、司法書士の榎本俊平《しゅんぺい》と申します。矢車商事さんから委任されてやってまいりました」

「はい」

頷いた。

「宮園さん、登記識別情報を紛失なさったと」

「ええ」

と言葉を濁し、季実子の顔を見る。季実子が繋いだ。

「宮園さんのおじいさんの時代に登記されたものなので、最新の識別情報や登記済証ではなく、筆で書いた権利証だったようなのですが、何分、六十五年も前のことで」

「ええ、問題ないです。いまは権利証なんてない時代ですから。公証人役場で『本人確認』をしていただければ、ＯＫです。運転免許証とかお持ちですよね」

「はい」

「では、すぐそこにある公証人役場へご足労願います」

榎本が歩き出した。茶沢《ちゃざわ》通りへと向かう。

オフィスビルの最上階に公証人役場の看板が見えた。間口の狭いビルだ。

「では、私はそこの喫茶店で待っていますね」

季実子が通りの向かい側を指さした。

「承知しました。終わりましたら、すぐに宮園さんをお連れします」

ビルに入ると榎本とふたりでエレベーターに乗った。

「松川季実子さんとの取引は、これで三度目になります」

上昇するエレベーターの中で、榎本がさりげなく言う。こちらの様子を窺《うかが》っているようだ。

「ぼくは、人から紹介されただけで、よく知らない」

ぶっきらぼうに答えた。

「気鋭の経営コンサルタントですよね。私は投資セミナーで知り合いました」

榎本が言う。季実子はそうしたところでも、役者や使える人脈のスカウトにいそしんでいるのだろう。ひょっとしたらこの榎本も、本物と限らない。

役所と言っても小さな一室だった。公証人はひとりしかいなかった。七十ぐらいの背中の丸い老人だった。

「不動産登記法第二十三条による本人確認をお願いします」

榎本が伝えた。

「わかりました。当職が確認をいたします。不動産名義人は身分証明を出来るものを提示してください」

公証人に言われるままに運転免許証を提示した。じっと顔を見られる。先ほどの区役所の職員よりは、見ている時間が長い。だが、見比べているのは、あくまでも顔写真と実物の顔だ。

手にしているカードが偽物だとは疑っていない。

「ご本人は印鑑証明書と印鑑もお持ちです」

榎本が助言した。神野の耳元で、

「ご本人しか持つことのない登録証も、ご本人だという証明の手助けになります」

という。

「よろしければ、ご提示を」

公証人が求めてきた。神野は、セカンドバッグから、さっき取得したばかりの印鑑登録証、印鑑証明書、印鑑の三点セットを公証人の前に陳列した。

公証人は、それらを手に取って確認し、最後に「よろしいでしょう」と言った。

榎本がすぐに、登記委任状を拡《ひろ》げる。物件は新宿五丁目の宮園酒店のビルと駐車場だ。

「公証人さんの前で、この書類に署名捺印してください」

神野は頷き「宮園幹也」と署名し、実印を押した。

これで、この物件は俺のものだと証明させるようだ。

終えると、榎本が公証人に向きなおった。

「確認書の添付をお願いします」

「承知」

確認書はすぐに出来た。

【嘱託人宮園幹也は、本公証人の面前で、本証書に記名押印した。本職は、運転免許証及び印鑑証明書の提示により、右記嘱託人の人違いではないことを証明させた。よってこれを認証する】

国が俺を宮園幹也と認めたのだ。

「ありがとうございます」

榎本が深々と頭を下げ、手数料三千五百円を支払った。

「司法書士でも本人確認は出来るのですが、私は買主の依頼人でもありますので、中立性を保つために公証人に入ってもらいました。ご面倒をおかけして申し訳ありませんした」

「いえ」

神野は短く答えた。極道の本能として、こういう場ではあまり喋りすぎないほうがいい。

エレベーターを降りると、季実子が目のまえにいた。榎本が、ドキリとした顔をした。

「喫茶店でお待ちでは？」

「その委任状を持って消えられてもね」

季実子が手を伸ばす。

「そんなことしませんよ」

榎本が鞄《かばん》の中から、登記委任状と本人確認書を取り出し、季実子に渡す。

「明日、売買契約書の締結の場で、これをお渡しします。榎本さんも、宮園さんを事前に確認出来たので、問題ありませんね」

「問題はございません。それでは明日、矢車商事さんでお会いしましょう」

「わかりました」

榎本が駅の方へと去っていった。

神野は、季実子に誘われ、喫茶店に入った。昼の十二過ぎとあって店内はごった返していた。

季実子は小倉トーストとコーヒー。神野はナポリタンとコーヒーを頼む。

「今日はまだ終わりじゃないわよ」

「何をやる?」

「上野の銀行」

「口座を作るんだな」

「そういうこと。察しがつくようになったわね」

「運転免許証からここまでの一連の流れを見れば、あとひとつ足りないのは、金の受け皿だとわかる」

ステンレスのプレートに盛られた毒々しい色をしたナポリタンがやって来た。粉チーズとタバスコも一緒にテーブルに置かれる。

イメージ通りのナポリタンだ。

「そう、売買契約書はすでに、さっきの榎本が作成してるけれど、振り込ませる口座は、まだだから」

「銀行口座を作るほうが面倒なんじゃないのか?」

極道をやっていて、それがもっとも困難なことだと知っている。マネーロンダリング。架空口座の開設に銀行は神経質になっている。印鑑登録証を作るよりもはるかに難しいはずだ。

「今回は『東京ダイヤモンド銀行』の上野支店を使う。支店長がアッパーグラウンドのお客なの。先週寝たから、一回こっきりなら使えるわ」

「たいしたもんだ」

食事を終えると、すぐに三軒茶屋の駅に戻った。表参道《おもてさんどう》で銀座線に乗り換え、上野についた。午後二時前だった。

この間、季実子のレクチャーを受けた。口座を作る理由などだ。季実子は、常に直前にならないと、するべき行動方法をレクチャーしない。役者はあくまでもコマなのだ。セリフは、その都度しか教えない。なかなかうまくできたシステムだ。

東京ダイヤモンド銀行上野支店は、駅前にあった。

季実子が支店長に電話すると、すぐに応対に出てきた。ネームプレートに落合吉《おちあいよし》行《ゆき》とあった。上質なスーツを着たロマンスグレーの男だった。

「この方が、奥様に内緒の口座を作りたがっている人よ」

季実子が言うと、店長はすぐに窓口の女性を呼んで指示を与える。

支店長が一応聞いてくる。

「運転免許証とか、写真付きの身分証はお持ちでしょうか？」

カウンター脇にある打ち合わせブースに促された。対面して座る。支店長の横に女子行員が腰を降ろす。

「はい」

神野は宮園幹也名義の運転免許証を出し、打ち合わせ用のテーブルに置いた。

「コピーをお取りしても？」

「もちろん」

そう答えたもののさすがに、細工がバレやしないかと緊張した。

「私はあまり聞いちゃいけないと思うから、向こうで雑誌でも眺めているわ」

季実子は、さりげなくマガジンラックの方へと歩いていく。いざとなったらすぐに逃げる気だ。

女子行員が、カウンターの奥にあるコピー機へと進んだ。

「当行としましては、ひとりでも多くの預金者を獲得したいのですが、コンプライアンスがうるさくなりましてね。特に上野は外国人の口座も多いわけでして」

すまなさそうな顔をした。

「僕は遺産相続した家の売却代金の総額を家内に知られたくないだけです。入金されたら、すぐに別な銀行に分散させます。あぁ、怪しい取引ではないですよ」

神野は、バッグの中から、戸籍謄本、住民票、印鑑登録証、印鑑証明書、それに約二時間前に署名した司法書士への登記委任状を示した。もちろん公証人の本人確認の添付書類もついている。

支店長は、それらの書類を丹念に確認した。すべて実物なのだ。店長は納得した顔になった。

「家内に内緒の口座ではまずいですか？」

「いえいえ、とんでもありません。預金者のプライバシーを守るのも銀行の役目です。私どもがうるさく言われておりますのは、あくまでも架空口座の開設ですので、ご本人であれば、何の問題もありません」

そこに女子行員が、運転免許証を持参して戻って来た。特に問題はなかったようだ。

「本日は五十万円の定期と十万円の普通預金をしたいと思っています。印鑑は、この実印でよろしいですか」

電車の中で季実子に言われたセリフだ。すぐに下ろす意思のない定期預金を積み、印鑑証明書つきの実印を銀行印として登録することが、銀行への信頼感を高めるということらしい。五十万は投資額だそうだ。

「ありがとうございます。すぐに口座を開設させていただきます」

支店長が頭を下げた。

「こちらこそ」

「ご本人確認はすませましたから」

支店長が、女子行員にそう言い、去っていった。

神野は、拡げていた書類を仕舞い、所定の口座開設申込書と必要事項を書き込み、預金額と入金票も渡した。

「ＡＴＭ用のカードは、ご自宅にご郵送となりますが、約一週間ほどかかります」

「カードは要りません。出金や振り込みがあれば、直接窓口に来ます」

カードが送付されたら、本物の宮園幹也が驚いてしまう。所有権が移転されたことに気づくのは、出来るだけ後のほうがいい。

「承知しました。では、しばらくお待ちください」

女子行員が紙幣と伝票類を持ってカウンターの中へと戻っていく。

神野は、待合席に目を向けた。季実子は、スポーツ新聞を拡げて読んでいた。たぶん、防犯カメラに極力、顔が映らないようにしているのだ。

五分ほどして女子行員が戻って来た。

「お待たせしました」

真新しい通帳と粗品が山ほど詰められた紙袋を持ってくる。粗品はハンドタオルやティッシュボックス三箱入りパックや懐中電灯など、そんなものだった。

神野は受け取り、席を立った。

金の受け皿が出来た瞬間だった。

午後三時のシャッターが閉まる前に、東京ダイヤモンド銀行上野支店を出た。

上野の山の方から空っ風が吹いてくる。

「ここまで来たら一気に現金化するわよ」

季実子が口笛を吹く感じで言った。預金通帳は季実子に渡した。入っている金はそもそも季実子のものだ。

「これからが三幕目か？」

「そんなところ。だけど厳密には、まだ二幕目の後半」

どこがゴールなのかを教える気はなさそうだ。

「やるのは明日か？」

「そう」

季実子は一息ついてつづけた。上野駅の方へと歩いていく。

「矢車商事は浅草にあるの。何でも屋よ。すぐに転売してサヤを稼ぐつもりでしょうけど、実はそれが私らの付け目なのよ。明日頑張ってくれたら、からくりをすべて教えるわ」

「わかった。待ち合わせは？」

「浅草ビューホテルのロビー。午前十一時。出来るだけ、パリッとした背広で来て」

「せいぜい気張って行くよ」

「あなた今夜は？」

季実子が媚《こ》びるような視線を向けてきた。

「砂岩ホームズへの業態変更の打ち合わせで赤木に呼ばれているんだ。明日は絶対遅刻出来ないようだから、キャバクラはパスして早めに寝るよ」

「ねぇ、深沢では顔を売っている？」

「この数日、毎日近所の店やバーに出入りしている」

「そういえば、私あなたの本当の自宅を知らないわね」

季実子が聞いてきた。

「俺もあんたの自宅は知らない。それでいいじゃないか。教えたら、俺のマンションなんか軽々乗っ取られそうで怖いよ。さっきの司法書士から、あんたは経営コンサルタントだと聞かされた。まったく何者なのか、わからん人だ」

季実子に疑いの目を向けた。それぐらいがちょうどいい。

「私、自宅も上野よ」

「俺は新宿だ」

「仕事が終わたら、抱いてね」

季実子がぽつりと言った。本音にも芝居にも見える。

「あぁ、がっつんがっつん、ピストンしてやる」

神野は歩きながら腰をガクガクと振った。上野を突いている気分だった。

「やめて、股に響くわ」

「じゃぁな」

神野は上野駅の前で別れを告げた。

黒井と会って報告しなければなるまい。神野はタクシーを拾い、すぐに電話した。

4

「敵もいい手口を教えてくれたものだな。そっくりそれで返してやろう」

マットにうつぶせになり。志野《しの》という泡嬢に尻穴を舐《な》めさせていた黒井が、そう呟《つぶや》いた。志野はその名の通り、和風の淑《しと》やかそうな女だった。黒井はそういうタイプに、思い切り下品なことをさせることを好む。極道の鑑《かがみ》だ。

歌舞伎町のソープ『バージンポリス』だ。

放火事件以来、警備と称して、組員が必ず一日三回入浴に来ている。支払いは自腹だが、女に払う原価だけにしてもらっている。つまり半額だ。

「司法書士の名刺は貰《もら》ってあります。引き抜きますか？」

「いいや、そのぐらいの芸当なら、歌舞伎町にもいくらでもできる奴《やつ》がいる。役者は景子に集めさせりゃあいい」

「そりゃ張りきるでしょうよ。上野のナンバーワンには負けたくないと」

神野は黒井の隣にもうひとつマットを敷かせ、手扱《てこ》き、乳舐めをさせていた。こちらはマリアというハーフっぽい顔立ちの女だ。身体《からだ》は隣の志野よりもグラマラス。

上郷組の放った情報屋が尾行している可能性があったので、ここへは、赤木と一緒に入った。

黒井は先に入店し、すでに一回転し終えていた。タフなオヤジだ。

重要な打ちあわせは裸でするというのが、関東舞闘会の風習だ。

カラフルな裸をマットの上に泳がせながら、語り合う。

「おめぇが見たのは磯崎誠二郎だ。いまは七菱地所の社長だが、永らく七菱重機工業の社長だった男だ。グループ内では遥《はる》かに格上の地所の社長になったということは、いずれ七菱グループ全体の総帥になる可能性もある。ライバルは七菱銀行の頭取や七菱商事の社長だが、磯崎は、地所の社長になるなり、いきなり業績を上げている。猛烈な地上げだ」

泡嬢が棹《さお》を舐めるために、黒井の身体をひっくり返そうとしているが、黒井は頑としてうつぶせのままだ。

オヤジはいつもこうだ。尻穴ばかりを舐めさせたがる。好きなことだけ徹底するタイプだ。

「上郷組に地上げさせていたのは、七菱だったんですか」

神野は聞いた。

「そう見て間違いなさそうだ。自分のところが地上げするだけではなく、実和ハウスなど、ライバルのデベロッパーには、地面師をつかって、金は払ったが着工は出来ないというダメージを負わせている。裁判で黒白が付くまで五年ぐらいはかかるだろうが、本来の持ち主が登記を回復させた暁には、善人面して自分たちが食うつもりさ」

「ずいぶん遠回りなことしますね。地面詐欺を働くなら、千駄ヶ谷のラブホだって、七菱が食ったらよかったでしょう。なんでわざわざ実和ハウスを嵌《は》めるんですか」

「七菱とは言え、同時期に投入できるキャッシュフローには限界がある。新宿を押さえている間に、渋谷や池袋の美味《おい》しい物件が、ライバルに食われても、それを指をくわえて見ているしかなくなる。急がない物件は、問題物件にして、いわゆる塩漬けにしておきたいのさ。嵌められた実和ハウスは、キャッシュを奪われたあげくに裁判に時間を費やされる。そんな案件をいくつも抱え込まされたら、身動きが取れなくなる」

「極道としてはためになるやり方ですね」

そこで神野はマリアに棹を強く握られた。

「上から挿入します」

騎乗位だ。蹲踞《そんきょ》の姿勢で、神野の上に乗ってきた。屹立を、ぬぽっと沈める。

「おぅ」

締め付けがいい。毎日、訓練をしている泡嬢の蜜壺《みつつぼ》は、やはり快感度が違う。

すっぽり収められた棹の全長が心地《ここち》よく圧迫された。

「はぅ、おやっさん、すみません。妙な声をだしちまって」

「いいじゃねぇか。どうだ、今夜も盃《さかずき》を交わすかい」

黒井が、にやりと笑う。

「いいですね。固めの盃」

神野は答えた。

「よし、志野、なら、こっちも上から乗ってくれ」

「はいっ」

黒井の尻の割れ目に顔を埋《うず》めていた志野が、ほっとしたような顔をして、黒井を仰向《あおむ》けに返した。

「おやっさん、相変わらずビッグですね」

すりこぎ棒のような肉茎が天を仰いでいる。

「志《こころざし》が、ここに現れるタイプなんだ」

「だったら俺はまだまだですね」

「そんなことないですよ。神野さんも十分大きい。あぁあぁん」

マリアの尻の上げ下げが早くなった。目の前に広がるピンク色の秘孔に出入りを繰り返す自棹は、もうパンパンに膨らんでいるが、それでも黒井の逸物に比べると、見劣りする。

「私は狭いから、これ大変だわ」

と言いながら、志野が後ろ向きに跨《また》がった。黒井は騎乗位の際に、女の尻穴を覗くのが好きなのだという。

最初は、挿入している女の顔を見ないのは、変わっていると思ったが、最近はわかるような気がしてきた。

黒井は女の嘘《うそ》をつけない部分を見るのが好きなのだ。

志野が、黒井の陰茎の根元を握って、亀頭を膣孔《ちつこう》に当てた。

「うわっ、何度容《い》れても大きいっ」

志野の尻たぼがザラザラと粟立《あわだ》った。黒井の脛《すね》の方へ身体を倒し、尻全体を見せた志野が、すりこぎ棒サイズの肉茎を徐々に中に飲み込んでいく。出産シーンの逆パターンを見ているような心持になる。

「くぅううう」

志野が唸《うな》った。

「志野さん、見ているだけで、切なくなる」

上下摩擦をしながら、マリアも首を捻《ひね》って、大挿入シーンを食い入るように眺めていた。

志野が尻を押した。ずるっ、ずるっと飲み込んでいく。

「あぁあああ、全部入った！」

満足そうに声を上げた。尻の窄《すぼ》まりがヒクヒクしている。本当に目いっぱい入っているようだ。

「おうっし」

黒井は突き上げた。まさに悪魔のすりこぎ棒だ。

「わ、はぅ、うはっ」

志野の声のトーンが変わった。プロの余裕をなくした、震えるような喘ぎ声だ。

見ている神野も興奮した。硬度がいつも以上に増す。

「あひゃ、ふひゃ、っぬわ。神野さんは、サラミソーセージだよ。凄《すご》い、超硬くて気持ちいいっ」

マリアが上で乳房を揉《も》んで身悶《みもだ》え始めた。神野の亀頭にも淫爆が近づいていた。

「おやっさん。磯崎の話の途中だったんじゃないすか」

先にしぶきたくなかったので、稼業の話に戻して、持ちこたえようとした。

「そいつは、盃を交わしてからだ。志野、マリア、盃になれっ」

「はいっ」

「畏《かしこ》まりっ」

ふたりが一斉に淫壺から棹を抜き、立ち上がった。

マットの上で転ばないように、それぞれ手を取り合いながら、入れ替わった。

志野が、今度は前を向いたまま、神野の棹の上に壺を下ろしてくる。

「あぁあああああ、硬ぃっぃぃいいい」

「おやっさんの後じゃ、物足りなくないか？」

無粋《ぶすい》だがやはり聞きたくなる。毎度のことだ。

「味わいがそれぞれ違うのよ。お世辞じゃなくてどっちも好きだわ」

志野が顔をくしゃくしゃにして言う。黒井のすりこぎ棒を挿入していた時は、上げ下げしていたが、神野のサラミソーセージを飲み込むと、そのまま土手を擦り合わせるような動きをしてきた。クリトリスや花ビラを擦り付けられる。

「あぁ、くぅう。芯棒を入れて、まんちょ揺さぶるっていいわぁ」

志野が猛烈に締めてきた。亀頭が悲鳴を上げそうだ。切っ先はわずかに開き、先走り液が溢れ始める。

「んんんんっ」

横を見ると黒井とマリアも佳境に入っていた。マリアは巨尻を黒井に向けている。その中心にすりこぎ棒が突き刺さっているのだ。外国のポルノを見ている気分だ。

「おぉおおおっ」

黒井が吠《ほ》えた。

「磯崎には、何が何でも、グループ総帥の座を射止めなければならない理由がある。自分がトップにならなければ七菱重機工業時代の東南アジアでの秘密がバレるからだ。んんんんんっ」

黒井も先にしぶくまいと仕事の話を差し込んできた。

「なんですかそれ、賄賂を配っていたとか、くぅううう」

我慢比べだ。出そうだ。あぁ、出る。はうっ。

「賄賂なんて当たり前だ。そんなレベルのものじゃない。あの野郎、とんでもねぇことをしてやがった、うぅううう」

「ふたり共いい加減にしなさいよっ」

志野が、くっと淫層を締めた。

「あぁあああ」

神野はしぶいた。このところ溜《た》め込んでいた精汁を盛大に噴き上げた。

黒井も、雄たけびを上げた。これが、関東舞闘会流の、盃だ。時々やって、団結力を深める。

5

早めに浅草ビューホテルについて、ティーサロンでコーヒーとトーストで腹ごしらえをした。

時間を見計らって、エントランスへと出る。十一時ちょうどに季実子を乗せたタクシーがやって来た。

扉が開くと、季実子に手招きされた。

「乗って」

後部席に乗り込んだ。一応、バリっとしたスーツを着ていた。濃紺にストライプの入ったブランドものだ。これで、パナマ帽かボルサリーノを被れば、日ごろの神野と変わらない。

「見間違えたわ。そのスーツ似合うわ」

「照れ臭いな。いちおう役になり切るつもりで」

神野は地が出ないように気持ちを戒めた。人間、服装が変わると、気持ちもそれに見合ったものになりがちだ。

矢車商事は、ホテルからすぐの位置にあった。国際通りだ。

いまどき珍しい地味なタイル張りの三階建て。それでも自社ビルのようだ。

玄関を開けると、エレベーターの前に司法書士の榎本と五十絡みの禿げ頭の男が立っていた。

「矢車さん、おはようございます。こちらが、売り主の宮園さんです」

季実子が、神野の背に手を回して紹介した。

「どうもお越しいただき恐縮です。矢車です」

矢車が一礼する。

この会社の社長らしい。

神野も会釈した。

「どうぞ、上の会議室でやりましょう」

矢車はそう言い、エレベーターのボタンを押した。エレベーターの中で矢車が言った。

「先日はお友達の方に、むりやり写真を見せていただいてすみませんでした」

「いいえ。凜子からも聞いています。ちょうど僕がロンドンに行っているときでした」

そう返した。季実子から聞いている。

会議室についた。

長方形のテーブルに向かい合って座った。矢車商事の社員がふたり待っていた。ひとりは宅地建物取引士の資格を持っているようだ。名刺にそう書いてある。

「では、売買契約書に目を通してください」

神野はざっと目を通した。

金額の六億五千万円の桁を確認するのに、指を這わせた。

「了解です。というか、この金額と消費税が入金されていれば、すぐ署名捺印します」

神野は、印鑑証明書と実印を取り出した。季実子が脇から、登記委任状と振込先を書いた紙を差し出す。

「わかりました。では今から送金させます。羽衣《はごろも》銀行浅草支店からです」

矢車が言って、社員に顎をしゃくった。社員がスマホをタップした。振込先番号を打っているようだ。

数分で社員のスマホが鳴る。

「ただいま、東京ダイヤモンド銀行上野支店の宮園様の口座に、送金しました」

社員が言った。

すかさず季実子が返す。

「確認できるまで一時間ぐらいでしょうか」

「いやぁ三十分ってとこでしょう」

矢車が禿げ頭を撫でた。

会議室の扉が開いて、熟女社員がコーヒーを運んできた。沈黙したまま、それぞれの前にコーヒーが運ばれる。

「十二時に電話を入れてみてくれますか？」

矢車が音を立ててコーヒーをすすりながら言った。

「わかりました。そう致しましょう」

季実子が言って、いきなり相撲《すもう》の話題を振った。

そんな話でもして時間を潰すしかないだろう。季実子が積極的に話しているのは、神野に質問をさせないためだ。

長い三十分が経《た》った。

「ではそろそろ」

と季実子に促された神野は、東京ダイヤモンド銀行に電話を入れた。宮園と名乗り昨日の女子行員を指名し、入金を確認する。

しばらくキーボードを叩《たた》く音がして、入金額を読み上げた。間違いなかった。

「確認できました」

神野は答えた。

「それでは、署名捺印と、委任状をいただきます」

司法書士の榎本に促され、神野は言う通りにして、差し出した。榎本が受け取るなり立ち上がった。

「では、矢車社長、法務局に行って、所有権移転手続きをしてまいります」

「頼んだぞ」

矢車が、唇を舐めた。

「では、私たちはこれで」

季実子も椅子を引いた。

速攻タクシーで東京ダイヤモンド銀行上野支店に向かった。到着するなり、季実子が振り込み依頼書を四通かいた。

いずれも法人宛で、ふたつはアメリカの銀行の日本の支店だった。

「これで、手続きして」

神野は、通帳と銀行印を持って、カウンターに行った。昨日と同じ女子行員に、依頼する。

女子行員は何ら不思議な顔をすることもなく受け取った。銀行とはそういうところなのだ。

十分ほどで「宮園さーん」と呼ばれた。

戻された通帳を覗くと、入金されたばかりの消費税込みの七億千五百万がきれいに送金されていた。

すぐに外に出た。

「終演！　ギャラよ」

通帳と引き換えに、封筒を差し出された。分厚い。

「解散。三日後に連絡するわ」

季実子は足早に、広小路方面に去っていった。

第六章　頂上作戦

1

　十一月に入ると、突然冷え込む日が多くなった。本当にこの国の秋は短くなった。もはや冬の入口に突入している。

　黒井とソープ『バージンポリス』で待ち合わせた。

　秘密の会議はソープに限る。といっても今日は事務室を借りている。黒井とは、時差を二時間以上つけて入店していた。午後一時だった。

「新宿五丁目の宮園酒店の所有権が、この十日で四度も書き換えられているな」

　黒井が、登記関係の書類をローテーブルの上に置き、缶ビールを呷《あお》った。事務室の古ぼけた応接セットで神野は黒井と対面している。

どちらもダボシャツ、ステテコ、それに腹巻をしていた。

いつの間にか、このソープが関東舞闘会の幹部室に早変わりしている。他の幹部たちも、風呂を浴びながらここでしのぎの相談をしはじめたのだ。

神野は登記簿と情報屋の報告書を見比べた。

「矢車商事は、自分たちの名義にした次の日には、もうエリザベス開発に売却しているんですね」

「おうよ。エリザベス開発は、その三日後にキング物産に、そして昨日、徳満《とくまん》不動産に移っている。取引金額はすでに八億だ」

黒井がツマミ代わりの岩塩を舐《な》めた。ヤクザは、皿に盛った塩をツマミにすることが多い。ポップコーンやポテトチップでは見た目にかっこよくないからだ。

「それぞれが、数日の間に二千万〜五千万の利ザヤを稼いでいる。転がしということですね」

神野も缶ビールのプルトップを引いた。

「というより、松川季実子ははじめからこうなることを見越していたんだよな」

黒井が缶を思い切り握りつぶした。

「ええ、あの三日後に連絡があって、すでに矢車商事の手からも離れたので自分たちの劇は大成功に終わったと」

役者もすべて撤収させ、季実子は上野の店を辞め、沖縄に飛んだ。ほとぼりが冷めるまで、那覇《なは》のバーで働くという。上郷組と提携している地元の半グレ集団『琉強連合《りゅうきょうれんごう》』の傘下店らしい。

そこまでは聞いていたが、年内は連絡を取り合わないことにしていた。

「確かに大成功だな。いまさら本物の宮園幹也が、あわてて刑事と民事で告発しても、膨大な時間がかかり原状復帰はまずむずかしい」

黒井が事務所の神棚の脇に置いてある一升瓶を指さした。神野はすぐに立ち上がり、湯呑《ゆのみ》と共にテーブルに置いた。

季実子が矢車商事に売却し現金を得ても、まだ二幕目のラストシーンだと言ったことの意味は、つまりはこのことだった。

三幕目は、短期間で二重三重にも転売してしまうことだったのである。

現時点で、本物の宮園幹也が、登記簿上の所有権移転に気が付いていても、告訴する相手は徳満不動産ということになる。まだ気が付いていないのだが。

ところが、訴えられた徳満不動産が取引した相手はキング物産である。この取引に瑕疵《かし》はない。正当な土地建物譲渡契約が成立しているのだ。

宮園幹也が喚《わめ》いても、すぐに原状復帰は困難だ。

キング物産とエリザベス開発の取引も、エリザベス開発と矢車商事の取引も同じである。どこにも問題がない。

では矢車商事はどうか？

公証人役場の本人確認情報まで添付された相手と取引し、登記手続きをしたのだ。

警察の捜査が運転免許証が偽造であるというところまで、たどり着いても、矢車商事も被害者ということになる。

ようするに季実子は善意の第三者が複数入ることを見越して、転がし屋の矢車商事を取引先に選んだのであろう。

「本人が六億五千万円の財産を奪われても、この先は、うやむやになるんでしょうね」

神野は日本酒を、ふたつの湯呑に注《つ》ぎ分けた。

「時間が経《た》てば経つほど、原状復帰は難しくなる。だが、この転がし、徳満不動産がてっぺんじゃないぜ」

黒井がグイッとやる。

徳満不動産は、荻窪《おぎくぼ》にあるいわゆる町の不動産屋である。

「たしかに八億円ものキャッシュを自力で用立てられる規模の会社だとは思えませんね」

神野も湯呑に口をつけた。辛口大吟醸である。岩塩も舐める。

「これを見ろ。奥の手だが公安をつかった」

黒井が、腹巻の中から一枚の紙を取り出し、神野の方へ飛ばしてきた。

徳満不動産への入金リストだった。

「七菱地所から、八億も振り込まれているじゃないですか」

神野は目を擦《こす》った。五回に分けて振り込まれている。金額は揃《そろ》っているわけではない。

「日付を見ろよ」

黒井が顎をしゃくった。

「半年も前から、振り込みを始めてますね」

「要するにゴールは最初からそこだったんだ」

黒井の言葉ですべてに合点がいった。

徳満不動産は、七菱地所の隠れ蓑《みの》。おそらく、駐車場契約者との自動更新を順次打ち切り、土地を空にしたところで、七菱地所に差し出すつもりだろう。

「季実子は、七菱地所の存在を知っていたことになりますね」

「そういうことだ。神野、わかってんだろうな」

黒井が柱時計を見ながら言った。まもなく志野の客が上がる時間だ。

「抜き打ちで沖縄に飛び込んで攫《さら》ってきますよ」

「おう。吐かせて来い」

「へい」

神野は服を着た。いまならまだ夕方の便に間に合う。

「こっちは、道具を揃えておく。横浜雷神《らいじん》建設の出番だ」

黒井がステテコの縁を捲《めく》り、股間に手を突っ込みながら言った。棹《さお》と玉の位置を直しているようだ。

「シャトー九龍は上から突っ込むしかないと思うんですよね」

神野は答えた。

「そのつもりだ。野津に鳶職《とび》を集めさせている」

横浜雷神建設は、関東舞闘会のフロント企業。岩盤粉砕用のダイナマイトから、大型クレーン、ダンプ、ハンマー、チェーンソー。武器になるものは何でもそろっている。

ヤクザが建設会社を持っているのは江戸時代からの風習だ。

「すいません。そこら辺の段取りをすべておやっさんに任せてしまって」

ワイシャツのボタンを締めながら、頭を下げた。

「いいってことよ。俺もたまには戦闘の指揮をしねぇと、気が滅入《めい》る。桜田門や永田町《ながたちょう》の相手ばかりだとよ」

一緒に事務室を出た。

黒井は二階の志野の部屋へ、屁《へ》をこきながら下りていった。気合が入りすぎだ。

神野はゴジラロードから靖国通りに出てタクシーを拾った。

首都高速で羽田《はねだ》空港に向かわせた。

空はどんより曇っている。

2

那覇空港に到着したのは午後六時だった。日没したばかりだ。空港の外に出るなり、重い湿気を感じた。

タクシーに乗った。

「国際通りのSホテルだが、そのまえにどこか工具店に寄ってもらえないか」

タクシードライバーに頼んだ。武器の購入だ。

「工具店……ショッピングモールにありますな」

瘦せた老ドライバーが、ナビを覗《のぞ》き、あたりをつけて頷《うなず》いた。

海沿いのショッピングモールでタクシーを待たせたまま、工具店に入り、スパナ、ペンチ、小型ハンマー、ドライバー、それらを腰にぶら下げるベルトも合わせて購入した。

那覇の目抜き通りである国際通りのSホテルにチェックインし、仮眠をとる。力仕事の前は十分な睡眠をとっておくことが重要だ。

三時間眠った。肉茎が漲《みなぎ》るほどの体力に回復している、時計を見た。午後十一時。襲うには手ごろな時間になった。

神野は腰に工具ベルトを巻き付け、その上からジャケットを羽織った。鏡の前に立つ。

髪型はオールバックにした。睨《にら》みを入れてみる。

極道、神野徹也の姿がそこにあった。重い革靴を履く。爪先と踵《かかと》に鉛が仕込まれているのだからしょうがない。

「よしっ」

神野は鏡の中の自分を睨んだまま気合を入れた。

通りに出ると、歓楽街独特の熱気に包まれていた。

神野は、ポケットに手を突っ込んだまま、この先三百メートルの位置にある、季実子がいるはずのジャズバー『オールバッド』を目指した。出来るだけ目立つように歩いた。

兵隊を現地調達したい。

「おいっ」

路地から目つきの悪い男が三人出てきた。開襟シャツの間から刺青《いれずみ》が覗いている。本職だということを誇示しているのだ。

「なんだよ？　観光中だ」

神野は睨んだ。武器の切れ味を試すのに格好の相手だと思った。

「おまえ、どこのもんだよ」

「いちいちうるせぇんだよ」

わざと肩をぶつけてやる。

「この野郎！」

正面の男が拳を飛ばしてきた。神野はバックステップで躱《かわ》し、すぐさま小型ハンマーを抜いた。昔ながらの鉄のハンマーである。アッパーカットを放つように、下から上へと振り上げた。

「ぎゃっ」

ハンマーが見事に男の顎を打ち砕いていた。ずぼっと顎にめり込んだ。使える。

男は嗚咽《おえつ》を漏らしたまま、地面に両膝を突いた。顎が動かないので、口が開けない。叫ばれないためにはこれが一番いい。傍目《はため》には酔っぱらいの喧嘩《けんか》だ。

「おまえシャブでもくっているのか」

左右にいた男たちは、それぞれジャックナイフを握りながらも、目は泳いでいた。

「なぁ、悪いが、バイトしないか。手下が欲しいんだよ」

神野はいきなり頬を緩め、そう語りかけた。ハンマーはくるくる回したままだ。

「あんた誰なんだ」

右の男が、ナイフを持つ手を震わせながら聞いてきた。

「関東舞闘会本部、若頭の神野徹也だ」

神野は、ジャケットの胸ポケットから、代紋入りの名刺を取り出し、路上に膝を突いている男の角刈り頭の上に置いた。

業界用語でこれを「札を切る」という。

「ひっ」

男たちが、ナイフを仕舞い直立した。

「自分らは、青濤組《せいどうぐみ》の者です」

左の男が言う。

「すまんな、縄張りを荒らす気は全然ねぇんだ。稼業の都合で、東京から逃げてきた女をひとり連れて帰りてぇ。こっちの『流強連合』が仕切っている店にいるらしいが、ガキどもと一戦を交えている暇はねぇ。応戦を手伝ってくれないか。百万だ。一時間で済む。どうだ？」

神野はポケットから札束を出した。

「いや、上に聞いてみませんと」

右の男がスマホを出した。

「だったら、早く聞けやっ。俺にいつまで札を握らせておく気だ」

神野は再び、凄《すご》んでみせた。このところ堅気《かたぎ》に化けていたストレスを一気に発散させる。

「はい」

右の男が早口で、組本部に確認を入れている。関東舞闘会の名刺を見せられたと伝えたところで、男は大きく「わかりましたっ」と声を張り上げた。

勝負あった。

神野は男ふたりを引き連れて進んだ。

顎を砕かれた極道はそのままにしてきた。極道なのだから、這《は》ってでも自力で帰れ。

バー『オールバッド』の前にたどり着いた。

「店の中のことは俺ひとりでやる。どうせ、すぐに半グレのガキどもが飛んでくるんだろうが、外で食い止めてくれないか」

「へい。いま組の者に、十人ほど集合かけました」

「地元はやっぱ、本職が守らねぇと」

「おっしゃる通りで」

「帰りの車も頼むわ」

「畏《かしこ》まりました」

ふたりの地元極道が礼をする。縦社会は気持ちがいい。

3

扉を開けた。

アート・ブレイキーの『モーニン』が流れている。

間口の狭い店だ。カウンターとボックス席が二つ。十五人で満席のようだ。

神野は、ハンマーを後ろ手に隠しながら、ボックス席の脇を進んだ。

正面がカウンターだ。その中でグラスを磨いている季実子の姿があった。カウンターの前に丸椅子が五つ。すべて客で埋まっていた。一番右端にスキンヘッドが見える。見えるのは後頭部だけだ。

神野はまっすぐ進んだ。

季実子と目が合った。

「井出さん？」

あまりにも違う雰囲気に啞然《あぜん》としている。

右端のスキンヘッドの男が振り返った。新宿の焼肉店で神野に手首と頬骨を折られた男だ。

「神野！」

目の前のボトルを持って立ち上がった。ジャックダニエルの四角いボトルだ。左手で持っている。右手はまだ完治していないのだろう。

天井から吊《つ》るされたスピーカーから独特のフレーズが流れている。アート・ブレイキーのドラムが、耳に心地《ここち》よい。

カウンターにいた他の客たちが一斉に、席を離れた。

「骨を折ったぐらいで、那覇で静養とはいい身分だな」

「うるせぇ」

スキンヘッドがボトルを振り上げた。のろい。

ゆっくり振り落ちてくる。

神野は、いきなり腕を伸ばし、持っていたハンマーを水平に振った。ジャックダニエルのボトルが、目の前で木《こ》っ端微塵《ぱみじん》に砕け散った。

店内にさらなる悲鳴があがる。アート・ブレイキーと悲鳴はよく似合う。

「ちくしょう。てめぇのおかげで、若頭候補から外されたんだ。ちょうどいいや。てめぇの命《タマ》を取って、東京に復帰させてもらうぜ」

どうやらスキンヘッドは季実子のボディガードに降格されたようだった。

割れたボトルのネックを持ったまま、飛び掛かってきた。店内にいた十名ほどの客は外に逃げ出していった。

右に身体《からだ》を振って、割れたボトルのギザギザを躱す。ハンマーでスキンヘッドの手首を思い切り叩《たた》いた。前に折ってやった右手を再度痛めつけてやる。

「うわぁあああ」

すぐに右手首がブラブラになった。

手首を抑えながら、後退するスキンヘッドに歩み寄り、にやりと笑って、左手首にハンマーを叩きこんだ。

「おぉおおおおお」

スキンヘッドの顔がみるみるうちに歪《ゆが》んだ。ムンクの『叫び』という絵の人物に見える。

両手の手首を折られたスキンヘッドは壁を背にして、唇を震わせている。

「試合はまだ終わらないぜ」

絶対に追ってこられないようにする必要があった。

「一番、痛い所を打ってやるから、目を瞑《つぶ》っていた方がいいんじゃないか？」

「舐めた口を利くな。間もなく、仲間が来る。おまえなんか、東シナ海の藻屑《もくず》だ」

スキンヘッドはとりあえず、極道としての根性は見せた。

「泣いちゃえよ」

神野は、瞬間的にしゃがみ込み、スパーンとハンマーを打った。まず右の膝頭。皿が砕ける音がした。絶叫があがった。続いて左の膝頭。

「うわぁあああああああっ」

スキンヘッドはぼろぼろと涙をこぼした。口から泡も噴いた。そのまま壁際に頽《くずお》れる。膝が曲がる際に、もう一度絶叫した。

一か月は立てないだろう。

振り向くと季実子はカウンターで固まっていた。スマホを握っている。流強連合にラインでもしたのだろう。

「井出さんじゃないの……」

恐怖に顔を引きつらせている。灰色のロングワンピースだ。シックでいい。

「正解。俺は、井出政宗でも、宮園幹也でもない。なかなかいい演技だったろう？プロほど騙《だま》されやすいとは本当だな。悪いが俺は、関東舞闘会の神野徹也だ」

言うなりカウンターの背後にある酒棚に向かって、ハンマーを打ち付けた。ジャックダニエル、I・Wハーパー、ワイルドターキーなどのボトルが崩れ落ち、けたたましい音を立てた。これもアート・ブレイキーのドラムの音にフィットした。

「あなた、関東舞闘会なの！」

季実子が絶句した。

「そっちは上郷組の藤堂の情婦だよなぁ」

曲が変わる。やはりアート・ブレイキーだが、サックスとトランペットの音が吠《ほ》えるように響いた。映画『危険な関係』のサウンドトラックだ。

「ここには、なぜ」

「仕事が終わったら、抱いてと言ったのはそっちだぜ」

「いやよ。あなたなんかと寝るもんですか！　ここまでは全部演技よ。あなたなんか、藤堂に殺されるといいわ」

季実子の顔が醜く歪んだ。

本性をあらわにした顔だ。幾重にも被《かぶ》った仮面が剝がれ、ようやく本当の松川季実子に出会えたような気がする。

「いや、とか、いいえ、で通らないのが極道だって、藤堂から聞いていねぇのか」

神野は、カウンターの中へと入った。外で小競り合いする音が聞こえてきた。本職とアマチュアが闘っているようだ。

「来ないでっ」

季実子がグラスを投げつけてきた。

肘を挙げて払いのけ、突進する。

「いやぁあああ」

ワンピースの裾を捲った。パンストは穿《は》いていない。黒の光沢のあるパンティが丸見えになった。クロッチが秘裂に食い込んでいた。

神野はベルトからペンチを取り出した。

「ひっ」

季実子の双眸《そうぼう》に王冠状《おうかんじょう》の雫《しずく》が浮かんだ。

股布をペンチで摘《つ》まみ、引きちぎった。紅《あか》い粘処が暴露される。

「あうっ」

「藤堂は七菱地所の磯崎から地上げの依頼を受けていたんだな」

「そんなこともうわかっているんでしょう?」

神野は女の粘処に、ペンチを這わせる。クリトリスを探す。すぐに包皮を挟んだ。

「いやぁああああああああああああああ」

季実子が恐怖に絶叫した。

「七菱地所は、歌舞伎町をどうする気なんだ?」

季実子が首を振った。

ペンチをほんのわずかに絞り込んだ。肉芽を捉えた。

「うっ、お願いやめて」

恐怖心はあっても、いまこの挟まれ方は気持ちいいようだ。

「ここを取られたら、さぞかし先の人生は味気ないものになるだろうな。女の此処《ここ》は、感じるためにだけあるものだからな」

「うぅうう」

季実子の顔がしわくちゃになった。快感と恐怖が入り混じった顔だ。神野は肉芽をペンチで挟んだまま、くるりと捻《ひね》った。そのまま引っ張る。

「やめて、やめてっ。私のクリを取らないで」

涙がとめどなく流れ始めた。

「だったら、言えよ」

さらにペンチでクリトリスを引っ張った。ぐぃーんと引っ張る。

「か、歌舞伎町を再開発する名目で、七菱地所と上郷組がすべて仕切る計画よ。二丁目のラブホ街は高級ホテルとタワーマンション群。一丁目は日比谷と同じように劇場街にする構想だわ」

もっともらしいことを抜かす。

この女の演技に騙されてはダメだ。

「七菱の磯崎の最終的な狙いはそんな綺麗《きれい》ごとじゃないだろう」

さらにペンチを引いた。クリトリスが伸びてくる。

「うぅう、やめて」

「もっと、うまい話が転がっているはずだ」

「劇場街の反対側の一角をリトルマニラにするのよ」

「マニラ」

核心に近づいてきた。

「そう。歌舞伎町の縄張りが複雑なのは、何もヤクザばかりじゃないわ。中国、台《たい》湾《わん》、ロシア、韓国、タイ、フィリピン。さまざまな国が飲食店や売春クラブを運営しているけれど、歌舞伎町ではフィリピンは押されぎみ。八〇年代までは、台湾、韓国とフィリピンが圧倒的に多かったけれど、いまは中国本土とロシアがどんどん勢力を広げているでしょう」

「極道も同じだ」

神野はペンチの力を緩めた。季実子は少し脱力した。

「それよ。後ろ盾の問題。上郷組は、上野ではフィリピンクラブを後押ししているの。中国と韓国ばかりが伸びてきては困るから。日本のヤクザとしてフィリピンを支えた。そこが七菱の磯崎社長と一致したことよ。七菱地所が歌舞伎町の土地を全面的に手に入れ、リトルマニラが出来たら、そのエリアは藤堂が仕切る。他の国のマフィアの旨味《うまみ》をすべて取り上げ清潔な町のイメージにするけれど、一画だけ残した歓楽街を藤堂に任せるのよ」

それは上郷組の城西地区における橋頭堡《きょうとうほ》になる。

神野はペンチをカウンターに置き、季実子の秘孔に指を伸ばした。

「あんっ」

人差し指がぬるりと蜜に塗《まみ》れる。蜂蜜《はちみつ》の中に指を入れたような感触だ。

「磯崎は、七菱重機工業時代、フィリピンに駐在していたというじゃないか？」

捏《こ》ねくり回しながら聞いた。

「現地の開発ラッシュに合わせて、七菱のブルドーザーや生コンクリート車の需要は多かったみたい」

季実子が恍惚《こうこつ》に浸りはじめた。瞳を閉じている。先ほどまでたっぷり恐怖を味わわせたので、その落差で、気持ちが弛緩《しかん》している。

いまなら、なんでも喋《しゃべ》りそうだ。くちゅくちゅと音を立てながら、指で抜き差しをした。

「そのブルや生コン車、それに大型トラックをジャングルで捨ててきたというじゃないか」

季実子が微《かす》かに目を開いたが、指のピストンを速めると、すぐに閉じ、下唇を舐め始めた。

「熱帯雨林ばかりのフィリピンでは、重機の錆《さ》びつきが激しくて動かなくなるのも多いって言っていたわ。磯崎が藤堂と打ち合わせているときに聞い話だけど……」

「そいつは嘘《うそ》だな。中東のゲリラに戦車に改良できるブルやトラックの重機を売っていたんだ。マニラの闇社会と組んでな」

神野は人差し指を、鉤形《かぎがた》に曲げて季実子の秘孔をほじった。

「うぅううううう。それは私は知らないわ。本当よ」

季実子が腰をかくかくと振り始めた。本当に知らないのか、あるいはもっと知っているのか？　この女のこれまでの動きから見て、もっと深く知っている気がする。

神野は指をさっと引いた。再びペンチを持つ。

「自分で脱げよ。素っ裸になれ」

「えっ、どういうことよ」

季実子が眉間に皺《しわ》を寄せた。

その頰に平手打ちをかましてやった。

「いたいっ」

神野は自分も上着とワイシャツを脱いだ。総身に刺青が入っている。

桜吹雪《ふぶき》に不動明王。王の目が浮いているように見えるはずだ。

「極道を舐めるな」

髪の毛を摑《つか》んで、左右に振ってやる。まだ砂岩発送の営業マンだと錯覚されていたのでは困る。

「ぬ、脱ぎます」

極道を知っている女は理解が早い。言われたとおりにしなければ、本気で殴られ、どこかに売りとばされるということを知っているからだ。

季実子は大急ぎで服を脱いだ。ブラもパンティも慌てて外した。

神野としても初めて見る季実子の裸体は、景子に引けを取らない均整の取れた肉体だった。

手を引き、カウンターの外に連れ出した。客の逃げたボックス席に座らせた。

「思い切り股を開け」

自分もズボンを脱ぎながらそう命じた。

「は、はい、これでいいですか？」

季実子はソファに背中をあずけ、両脚を最大限に拡《ひろ》げた。顔は背けているが、秘肉がこちらを向いている。花びらが割れ、ペンチに刺激され勃起したクリトリスと泡ぶいている孔《あな》がはっきり見えた。

神野は亀頭を秘穴に当てがい、ずぶずぶと差し込んだ。

「あぁあああああ、いいっ」

季実子が激しく首を振った。

「藤堂の役目は、地上げだけじゃねぇだろう」

尻を送り、肉層を抉《えぐ》りまくりながら聞いた。

「藤堂はマニラに、電話詐欺の基地をもっている。電話は、すべてマニラからかけさせているのよ。そのサポートを七菱重機のフィリピン人社員がしている。アジトの提供とか、かけ子の住居と作業場所の移動なども彼らがやっているの。もちろん、日本から行っている駐在員たちは知らないわ。そこで得た詐欺の利益は、磯崎にも還流されている。彼の政界工作になっている。歌舞伎町再開発のための都議会、都庁工作の一部はその金が使われているのよ。あとは上野のフィリピンクラブは地下銀行の役目を果たしているの」

つまり、ずぶずぶの関係だ。

神野は肉茎を抜いた。ここまで聞けたら十分だ。

季実子は恨めし気な顔になった。

「お願い、最後まで突いて」

「ティナの役目は？」

「日本人のキャッチ。向こうに連れて行って、暗黒街に落とすの。若い子ならオレオレ詐欺のかけ子。サラリーマンなら、ゲリラに兵士として売ってもいいし、覚醒剤や金の運び屋。あなたがマニラに行ったら、忽《たちま》ちシャブ漬けにされるわ」

「なるほど」

「私、これからどうなるのかしら？」

「俺の女になってもらう」

「暴走族やゲリラと変わらないのね。負けた方の女は取られるって」

「戦国時代からそういう決まりだ」

神野は自分だけ服を着て、季実子は裸のまま外に連れ出した。迎えの車に乗せる。スキンヘッドも回収した。こいつはシャブ漬けにして、那覇で逮捕させるのがいいだろう。そのまま塀の中で暮らしてもらう。

4

シャトー九龍の前に、横浜雷神建設のトラックが止まった。もちろん社名は書かれていない。今回のメイン、生コンクリート車が、ミキサーを回転させていた。

深夜三時だ。

沖縄から戻った季実子が、砂岩ホームズの赤木を連れてカジノへ入っている。

七菱地所の磯崎と上郷組の藤堂に、歌舞伎町で自分たちが地上げした土地を、譲渡するという台本を黒井が書き上げていた。

季実子がそれに沿って、藤堂に働きかけた。赤木を色仕掛けで落としたのは季実子という設定になっている。

書類はすべて本物だ。

赤木の持っている運転免許証やパスポートも本物である。赤木は砂岩ホームズの社長だ。

法人登記は先週のことだが、ダミー会社にはよくある話だ。

北急ホームズの代理地上げ店という設定だ。

当たり前だ。こちらは極道を演じている刑事。本家はサクラ組だ。つくれない公文書はない。

神野は、黒のダイバースーツを着て、シャトー九龍の裏側、隣のビルに面した狭い路地に立っていた。背中にリュックを背負っている。

隣に黒井。

組員二十人も同じ格好で待機している。

若頭補佐の野津の手配でさらに鳶職が十人集められていた。

吸盤靴と手袋をした彼らが、先に壁をよじ登り始める。忍者か消防庁のレンジャー部隊のようだ。ゆっくりだが闇に紛れて、登っていく。

屋上にまでたどり着きロープを降ろし始めた。

十本、垂れてくる。

神野や黒井たちそのロープを摑んでよじ登る。もちろんタイトロープを付けてある。ロッククライミングだ。

てっぺんにたどり着いた。

神野と黒井がインカムをつけた。

赤木の腕時計と、季実子のペンダントに仕込んだピンマイクから、声が聞こえてくる。警視庁の特殊工作機器担当が、X線でも見破られない、マイクロマイクを作ってくれたのだ。

『いや、驚きましたな。北急さんが、これほど細かな土地をすでにそちらに取り込ませていたとは』

磯崎の声だ。

赤木は、歌舞伎町一丁目の十軒のビル、二丁目のラブホテル五軒の登記簿を示しているはずだ。

砂岩ホームズの名義になっている。これも本当だ。

実際に昨日登記した。簡単なことだ。歌舞伎町の中で、神野組が縄張りとして握っているビルの所有者に二日間だけのレンタルを依頼したのだ。もちろん一時的に売買も成立させている。だが、季実子が示している登記簿は昨日のものだ。すでに登記は元の持ち主に戻されている。

『はい、うちは北急の資金で動いているだけですよ。ただ、松川さんが、七菱さんに寝返ったら、一億円の手数料を個人的にくれるということでしたから。いま現在はうちの所有物です。北急には投下された資金を返却すればいいだけです。つまり七菱さんがぼくに裏金二億を調達してくれれば、北急が投下した金と同額でそちらに回せるということです。その代わり、ダミーを使ってください。うちが直接、七菱さんではまずい』

砂岩ホームズが、砂＝シャ、岩＝ロックで、シャーロックホームズのダジャレだとは誰も気づいてくれないのが、残念だ。

『うちもダミーを使っています。徳満不動産です。そこと、コツコツ動かしてもらえませんか。それと二億のコミッションは、マニラのカジノで勝ったというシナリオを書きます。実際にはうちのマニラ支店が調達するのですが、カジノのチップを両替に使います。カジノの休憩所で、チップを渡しますから、勝ったことにして、両替してくれればいいんです。五回ぐらいに分けて、コツコツお願いしますよ。旅行代金はもちろん当社が持ちます』

なるほど。そうやって賄賂を支払っていたのだ。そしてその資金は、七菱からではない。オレオレ詐欺で得た金なのだ。

そして五回目にマニラに渡った時に、罠《わな》が仕掛けられるということだ。

だが、それはない。

この話自体が、磯崎と藤堂を誘いだすための設定でしかないからだ。

闇処理。

神野の脳裏に、総監の言葉が浮かんだ。

こいつらを法で裁いている暇はない。

ちょうど屋上についた。

吹き抜けの上のガラスのドームが目の前にある。実際にその脇にたどり着いてみると直径五メートルほどのドームだった。

全員が屋上に上ったのを確認した鳶職たちが、ガラスにバーナーを当て溶かし始めた。人ひとりが降りられる空間がいくつか空いた。

「よしっ」

黒井が親指を立てる。

「A班は、神野とともに、カジノを襲撃。磯崎と藤堂の闇処理。B班は俺と一緒に闇金事務所の金庫を漁《あさ》る。貴金属、担保書類、すべてかっぱらっていくぞ。エステはこの時間はすべて閉店しているから無視しろ。女はいない」

無関係な人間は巻き込みたくないので、この時間を選んだ。

「わかりました」

A班につく野津が答えた。戦闘員ではない鳶職たちはここで待機だ。

直ちにいくつものロープが降ろされ、神野が一番に降下した。

落下傘部隊のように次々と組員が降りてくる。

A班はロープを揺すって西三階の通路に飛び込んだ。B班は一階に降りていく。

カジノの扉の前に立った。

小細工はしない。

神野はリュックから三号ダイナマイト三本を取り出した。扉の前に置き、スイッチを入れて離れた。盛大に爆発を起こす。

鉄扉がぶっ飛んだ。

もうひとつの扉の前にも三個放り投げる。X線カメラ付き扉だ。

3・2・1
轟音《ごうおん》がして、白煙が上がった。

穴が空いている。

「三人は通路で見張りだ。たぶん、上郷組の組員が出てくる。構わずマイトをかませろ」

「はい」

担当三人が声を揃えた。Ｂ班は、一階の闇金事務所の扉を、大型ハンマーや斧《おの》で叩き壊し始めていた。ストレスが溜《た》まっている組員ばかりだ。久しぶりの出入りに全員興奮していた。

神野は、カジノに飛び込んだ。

ルーレット台を挟んで、右に磯崎と藤堂、左に季実子と赤木が座っていた。番号が並ぶグリーンの布の上に、書類が散らばっている。

「てめえら、ここをどこだと思っている。賭場荒らしか！」

バーカウンターの中から屈強な男ふたりが飛び出してくる。金属バットを手にしていた。

「つるせぇんだよ」

ここが自分の見せ場とばかり野津が、すでにリュックから取り出していたスプレーを、ふたりの顔面に吹きかけた。

「うわぁああああ」

「ぎゃぁあああああ」

ふたりとも顔が真っ赤に染まった。その顔を抑えて、床を転げまわっている。ハバネロスプレー。顔面が燃えるように痛む。防犯スプレーだが、過剰防衛に近い。死にはしないが、猛烈に苦しい。

季実子と赤木は、すぐにドアに向かって逃げた。通路から怒鳴り合いが聞こえてくる。

どこかの部屋に待機していた上郷組の組員も出てきたようだ。神野組は全員、警視庁から配給された特殊警棒を持っている。重い金属バットなどより、シャープに振れる。

手下たちの健闘を祈りながら、神野は磯崎と藤堂に向いた。

「なんだね、きみたちは。藤堂君、早く何とかしろ。ヤクザだろ!」

磯崎が顔を顰《しか》めた。筋肉の緩んだ白い顔だ。

「わしは上郷組の藤堂だ。いい根性しているじゃねえか。おまえら、何をしようとしているのかわかっているのか」

藤堂は一応貫禄《かんろく》を見せた。確かに獰猛《どうもう》な眼だ。

背広を脱いで、腹の脇から匕首《あいくち》を取り出し、鞘《さや》から抜いた。

「ぶった切ってやる」

腰を落として、神野に向かって刃先を向けた。途轍《とてつ》もなく巨大な殺気を放っていた。これは黒井に似た俠気《きょうき》だ。

神野は一歩下がった。

「野津、窓を開けろ！」

「バカいえ。このビルには窓はねぇ」

藤堂がにやりと笑った。

「作ってやるよ」

野津がすぐに壁際にダイナマイトを仕掛けた。他の組員たちも、リュックからダイナマイトをだし、壁際に投げた。

連続花火のように爆音があがった。

壁が外に向かって飛んで行く。ぽっかりと二メートル四方の穴が開く。上野の夜空が見えた。

「かかれ、怯《ひる》むなっ」

神野は特殊警棒を突き出し、匕首を持つ藤堂に飛び掛かった。

「死ねやっ」

藤堂も突進してくる。警棒を肘で弾《はじ》き、匕首を正確に神野の腹部に立ててくる。

刃先が一瞬先に当たった。藤堂が勝ったという目をした。しかしその目はすぐに泳ぐ。

「刺さらねぇだろう？　いまどきのヤクザは、防刃ベストを着ているんだ」

神野は警棒は振るわず、そのまま、肩で押した。グイグイ押し、開いたばかりの空洞まで寄り切った。

「おいっ、てめえ、やめろ」

匕首を抜こうと藻掻《もが》いていた藤堂の目に恐怖の光が宿った。

「地獄に落ちろっ」

神野は、藤堂の肩を両手で押した。

「わぁあああぁ」

藤堂が尻から落下していく。大型トラックの荷台が待ち受けていた。たったいま生コン車のミキサーから流し込まれたコンクリートが荷台の全面に浮いている。

どぼっ。

人型のように藤堂の身体が沈んだ。

野津が同じように磯崎を押していた。

「やめろ、金ならいくらでもやる。ほら、向こうの部屋の金庫に一億入っているんだ」

磯崎がサイドポケットから取り出したカギを見せた。野津は無言でカギだけ受け取ると、磯崎の白い顔に、スプレーを放った。真っ赤な霧が飛ぶ。磯崎の顔に日の丸が出来る。

「ぎゃぁっぁああああああ」

両手を広げて藻掻《もが》きながら落下していく。磯崎の身体は半回転して、正面から落ちた。藤堂の真横だ。

ふたつの人型は動いていたが、神野が手を挙げると、ヘルメットを被った組員のひとりが、ピッと笛を吹いた。生コン車からさらに盛大に、灰色のコンクリートが流し込まれる。

ふたりの姿はすぐに見えなくなった。

「すまんが、頼んだぜ」

「へい」

トラックの運転席から若手が顔を出し、猛スピードで走り去って行った。朝一番に始まるタワーマンションの基礎工事に流し込まれる。百年は発見されないだろう。

闇処理完了！

神野は「A班撤収」と叫び、引き上げた。シャトー九龍の正面玄関から出て待機中のエルグランドに乗り込む。

すぐに黒井も戻って来た。

B班の手下たちのリュックが重そうだった。

「ざっと十億分はある」

黒井が乗り込んできた。

「こっちも一億の現金余得がありました。野津たちのリュックに入っています」

「来週中に、このビルをいただくとしよう。俺が藤堂に成りすますか?」黒井がシヤトー九龍を見て笑った。

エルグランドは首都高に向かった。

上野乗っ取り完了!

空がようやく明るんできた。


（了）

本書は書き下ろしです。

本作品はフィクションであり、実在の個人、団体とはいっさい関係ありません。（編集部）

実業之日本社文庫 さ39

極道刑事《クロデカ》　ミッドナイトシャッフル

2019年10月15日　初版第1刷発行

著　者　沢里裕二《さわさとゆうじ》

発行者　岩野裕一
発行所　株式会社実業之日本社
〒107-0062　東京都港区南青山5-4-30
CoSTUME NATIONAL Aoyama Complex 2F
電話［編集］03(6809)0473［販売］03(6809)0495
ホームページ　http://www.j-n.co.jp/
DTP　ラッシュ
印刷所　大日本印刷株式会社
製本所　大日本印刷株式会社

フォーマットデザイン　鈴木正道(Suzuki Design)

*本書の一部あるいは全部を無断で複写・複製（コピー、スキャン、デジタル化等）・転載することは、法律で認められた場合を除き、禁じられています。

また、購入者以外の第三者による本書のいかなる電子複製も一切認められておりません。

*落丁・乱丁（ページ順序の間違いや抜け落ち）の場合は、ご面倒でも購入された書店名を明記して、小社販売部あてにお送りください。送料小社負担でお取り替えいたします。

ただし、古書店等で購入したものについてはお取り替えできません。

*定価はカバーに表示してあります。

*小社のプライバシーポリシー（個人情報の取り扱い）は上記ホームページをご覧ください。

©Yuji Sawasato 2019　Printed in Japan
ISBN978-4-408-55538-6（第二文芸）